LES SECRETS DES MÈRES

Père scientifique d'Amandine, le premier bébé-éprouvette, René Frydman est chef de service à la maternité de l'hôpital Antoine-Béclère. Il est notamment l'auteur, aux éditions de L'Iconoclaste, de *Lettre à une mère* qui a rencontré un grand succès public et critique.

W0279228

Paru dans Le Livre de Poche :

LETTRE À UNE MÈRE

RENÉ FRYDMAN

avec Judith Perrignon

Les Secrets des mères

L'ICONOCLASTE

Les Secrets des mères se prolonge sur
www.editions-iconoclaste.fr

© Éditions de L'Iconoclaste, 2008.
ISBN : 978-2-253-12752-9 – 1re publication LGF

J'ai un vieux rêve tenace et sans issue, c'est un voyage dans le temps, loin, très loin, vers une femme qui toute seule sort d'elle son enfant. Elle se cache, menue au milieu de la nature qui la menace et la protège des regards. L'homme n'est pas là. Le médecin n'existe pas. Je ne suis donc pas autorisé à m'approcher. Je le voudrais bien pourtant. Elle est le commencement et aussi l'éternité. Son ventre semble contenir tous les hommes. Ses yeux, toutes les mères.

Elle vit peut-être encore quelque part, au fin fond d'une forêt amazonienne ou d'une savane africaine, mais je ne la rencontrerai jamais. Nous habitons deux planètes qui s'éloignent. Je suis d'un vieux continent qui vénère le progrès et la technique, un intrus masculin ordonné par la science. Elle est de ces temps primordiaux, où la frontière entre l'humain et l'animal est encore poreuse, tout comme celle entre les dieux et les mortels.

Je pense souvent à elle. Je la cherche en chaque femme qui accouche, je la cherche dans l'art, la plus belle des empreintes humaines, je la cherche sur d'autres continents, je la cherche en moi-même. Cette femme originelle me souffle une question : mais que fais-tu là ?

Je ne suis pas subitement pris de doutes ou rattrapé

par la nostalgie. J'ai traversé suffisamment de romans familiaux pour savoir tout le bien que peut faire le progrès médical et j'en attends encore beaucoup. Je n'oublie pas que la technique entra en salle de naissance en même temps que les femmes imposaient leur revendication à la société : ne plus souffrir.

Mais lorsque je me prépare pour un accouchement, j'emporte avec moi de quoi écouter de la musique. Elle murmure l'invisible, l'attente, le sentiment, le désir, tout ce qui fait un enfant. De cela, les écrans de contrôle ne disent rien. Ils sont là, comme partout ailleurs, parce que notre époque veut y voir clair. Méfions-nous, la venue au monde ne peut se résumer à un acte médical. Une vie commence, suspendue entre mes mains gantées, en attente de devenir, je la dépose sur le sein de sa mère. Savons-nous vraiment l'accueillir ? Il n'y a dans nos maternités aucun endroit pour la joie, la famille, le rituel ou même le deuil…

La naissance est à la fois ligne de départ et d'arrivée, elle change les yeux d'une femme et sème tous les possibles sur l'avenir incertain. C'est un moment unique, je voudrais qu'à chaque fois ce soit une fête.

J'ai toujours été en quête de cet accueil.

Je me rappelle ce petit matin dans un ashram d'Inde. Il était très tôt. Le soleil se levait doucement. Depuis les autels s'élevaient des voix qui célébraient les ancêtres et les nouveau-nés. Deux femmes chantaient a cappella. Leurs invocations, le décor, la lumière, la végétation… Tout laissait à penser qu'on était au paradis.

Je me rappelle cette femme nigériane venue accoucher en France. J'étais interne. En repartant, elle me proposa de venir assister à la cérémonie du nom chez elle. Cela sonnait pour moi comme une musique, un chant, une danse, tout le décor des mines du roi Salomon défila dans ma tête. Je n'y suis pas allé. Mais je n'ai jamais oublié l'invitation.

Je me rappelle cet accouchement que j'ai bien souvent raconté. Dans le couloir, la foule des oncles, tantes, sœurs et frères d'une famille tzigane attendait. Je les sentais derrière la porte, alignés, prêts à bondir. C'est le père qui alla vers eux, il sortit l'enfant au bout de ses bras et le présenta à son clan.

Je me rappelle mes premières missions en Afrique. J'y ai côtoyé la misère et la mort qui rôdait autour des mères et des petits, mais j'y ai vu aussi des familles agenouillées dans la cour à même la terre, qui préparaient un repas de fête pour célébrer le nouveau-né et repousser loin de lui le mauvais œil. Toute naissance est une renaissance dit là-bas le proverbe.

Ce que j'aime de ces scènes, c'est la joie et le tourbillon qu'elles annoncent. Ce sentiment ne m'a jamais quitté. Je suis un médecin des temps modernes, je n'admets aucune fatalité, je défie l'infiniment petit, je crois aux lois du désir, mais l'enfant qui vient n'est pas le fruit de notre science, il reste une énigme. Il est sacré. Si nous l'oublions, nous banalisons la vie.

Ce livre de voyages vient de là. Il va ici et là-bas, car l'accouchement dit tout de l'unité et des différences de l'humanité. Il parle d'hier, d'aujourd'hui et de demain, il est pour moi une façon d'écouter le chant du monde, de retenir le temps, le rêve. Je n'ai jamais perdu le goût de la naissance.

I

Une cellule est là

Il y a, à Florence, sur les murs du couvent San Marco, une œuvre avec laquelle j'ai rendez-vous : *L'Annonciation de la troisième cellule* de Fra Angelico. Tant de fois je me suis posté face à elle qu'il ne peut y avoir de hasard. Quelque chose nous lie, malgré les siècles et les certitudes qui séparent un moine dit Frère des Anges d'un médecin du XXIe siècle. D'ordinaire, la représentation de la Vierge à l'enfant ne m'évoque pas grand-chose, on y voit moins le bonheur d'une femme que le rôle unique qui lui est dévolu. Mais sur cette fresque, entre Marie recueillie et l'ange Gabriel livrant son message, le peintre a laissé un espace vide et blanc, que mes yeux et mes souvenirs emplissent. J'y vois flotter les ondes d'une attente craintive que je connais bien.

Je ne voudrais pas me prendre pour l'archange. Mais je crois à la parole féconde. Lorsque je décroche mon téléphone pour dire la bonne nouvelle à une femme qu'une longue attente a menée jusqu'à moi, j'ai un chiffre sans âme, le dosage témoin d'une sécrétion hormonale, il lui faut une traduction, je parle sans code, je dis : Vous êtes enceinte. Alors seulement la femme s'autorise des sensations. Les mots ont précédé le réel. C'est un extraordinaire pouvoir que le mien. Je préfère dire un lien entre elle et moi.

L'année dernière, avec une soixantaine de personnes de la maternité Antoine-Béclère, de l'aide-soignante au professeur, nous sommes partis là-bas, à Florence, pour un séminaire de travail. Tout le monde a pris le temps d'aller voir le tableau. J'avoue avoir fait bande à part, j'y suis retourné seul, j'avais rendez-vous… Mais j'espérais que cette peinture sur les murs du couvent soit à tous vaguement familière. Nous travaillons là, dans cet espace apparemment blanc qui sépare la mère de l'ange. C'est comme si nous avions tendu nos filets au-dessus de l'invisible, nous y capturons les chances et les semences, parfois même dans nos laboratoires nous assistons à l'instant de la création. Et pourtant rien ne doit rester de nos gestes. Ils s'effacent devant le désir d'enfant. Car toute annonce est sacrée.

Ce sont toujours larmes et mots trébuchants qui l'accueillent. Et la future mère, telle Marie, semble dire : « Que tout se passe pour moi selon ta parole. » Son visage se décompose et se recompose en un instant, le temps d'un déséquilibre qui ne se rejouera qu'une seule fois, le jour de l'accouchement.

◎

Notre époque n'aime pas l'invisible. Nous le défions sans cesse. Quand j'ai passé l'agrégation en 1979, j'ai distribué des photos d'ovocytes humains. Je me souviens encore de ce jury de médecins âgés, penchés sur l'image, les yeux écarquillés. Nous gagnions du terrain, et je n'étais pas peu fier de les impressionner.

Mais pour nous c'est toujours une énigme que la prise

de possession du corps de la femme par l'enfant. Et c'est bien ainsi. Il en est des origines de la vie comme de celles du monde : nous ne saurons jamais tout. Il faut être un publicitaire pour faire de la grossesse une assurance sur l'avenir et couvrir les murs de nos villes de ventres ronds dévoilés. Chaque femme sent bien que toutes nos certitudes, notre obsession à maîtriser le cours des événements n'épuisent jamais ses angoisses. Elles émanent d'un monde enfoui, carrefour de son histoire, de ses rêves, ses désirs et ses doutes, dont la modernité jamais n'aura raison.

Tandis que nous bousculons l'invisible, l'autre moitié de la planète craint les *Invisibles*. Ils sont des esprits, des êtres surnaturels qui contrôlent le fœtus. Il faut tout mettre en œuvre pour ne pas les fâcher, ils pourraient empêcher la grossesse ou agir sur l'enfant. On pare la mère d'amulettes autour du cou, des poignets et du ventre, on dessine à même sa peau pour éloigner les sortilèges. Au Bénin, elle ne doit pas croiser le regard d'un singe si elle ne veut pas accoucher d'un monstre.

Et si tout cela, malgré les apparences, revenait au même ? Aux peurs humaines ? L'enfant est un fauteur de troubles. Il bouscule tout sur son passage. Et ces croyances lointaines ressemblent furieusement aux cauchemars des mères, qui n'avouent pas toujours combien leurs songes parlent de destruction et combien la vie naissante les fait interroger la mort.

La nuit convoque leurs angoisses pour une danse macabre et sauvage, où souvent passe et trépasse l'enfant démembré, la mère empalée, comme si nos blouses blanches, notre diagnostic affirmé, ne pouvaient tout contrôler. Avec le sommeil, la peur reflue, l'enfant bouge, prend sa place dans le film, révèle une double portée : le bonheur et l'horreur.

La mère est étonnée de ce que lui révèle sa rondeur, elle découvre la part obscure d'elle-même qui se manifestera encore juste après la naissance – on l'appellera alors le *baby blues*.

◎

Nous avions monté il y a deux ans, au musée de l'Homme à Paris, une vaste exposition sur la naissance. Avec les chercheurs Alain Epelboin et Véronique Dollfus nous voulions montrer là les progrès de la science, les rites et les croyances, tout le patrimoine de l'humanité confronté à ses origines. Et alors que nous cherchions comment illustrer notre propos, on nous a sorti deux boîtes des archives du musée. L'une contenait la Vénus de Lespugue, petite statue d'une féminité brute et primitive, 14,7 centimètres taillés dans une défense de mammouth, vieille de vingt mille ans. L'autre, le crâne de Descartes. Nos mains n'ont pas résisté à caresser la pensée, ainsi que la plus ancienne des femmes, petite Lucie ayant retrouvé ses formes. C'était presque intimidant. J'ai tout à coup été saisi d'une drôle d'impression, j'ai vu l'histoire de notre évolution dans deux boîtes à chaussures. La Nature dormait tout près de la Raison. L'une ne va pas sans l'autre.

C'est pourquoi j'aime le bruit des légendes qui entourent la fécondation au gré des continents. Elles invoquent les éléments : la terre et son argile, l'eau, fertile et cyclique, le feu, étincelle de l'amour et du frottement des corps, le vent tel le souffle d'un Dieu.

On disait au Moyen Âge d'une femme qui se découvrait enceinte : Elle n'a plus ses fleurs car elle porte son fruit.

On dit chez les Aborigènes que l'enfant est un lutin des bois qui se faufile à l'intérieur lorsqu'il surprend un couple qui fait l'amour.

On dit aussi chez les Kanuris du Nigeria que la fécondation ne peut résulter que d'un orgasme simultané, pourvu que l'étreinte soit belle…

On donne un « enfant de bois » à la jeune fille pubère chez les Zaramos de Tanzanie. Elle est enfermée avec lui, elle l'habille avec le tissu provenant de ses vêtements personnels, elle le coiffe d'une touffe de ses cheveux, elle le nourrit, le lave, le câline comme si c'était son enfant. Puis vient le jour où elle danse devant les femmes de sa tribu, brandissant son enfant de bois. La cérémonie terminée, elle lui retire ses vêtements, ses cheveux, les brûle. L'enfant de bois n'est plus qu'une poupée. La jeune fille est entrée dans le monde des femmes, elle est désormais reliée aux ancêtres du clan paternel.

On dit en Afrique que les défunts s'en mêlent autant que les divinités. Ils circulent dans le sperme du père ou bien ils jettent leur dévolu sur une femme depuis l'arbre où ils vivent accrochés avec les esprits. Une partie d'eux est au paradis, une autre attend de revivre chez les vivants. Je les revois ces morts installés au balcon du premier étage des maisons de bois, c'était ailleurs dans les îles Célèbes, en face de Bali. Il ne restait d'eux, sous un chapeau, que leur crâne vissé sur la paille, mais ils avaient l'air de regarder encore les vivants qui passaient sous leurs fenêtres.

Sommes-nous si différents nous qui accolons le prénom d'un grand-père ou d'une grand-mère à celui de l'enfant ?

Ces légendes demeurent parce qu'elles convoquent la planète, la tribu, la famille, l'amour. Elles font de la naissance qui s'annonce un événement dans le destin des hommes. La nidation d'un être dans le sein maternel est comme la pousse du grain dans le sol. C'est un miracle, la condition de la survie d'un peuple.

Une cellule est là. Elle dessinera bientôt un ventre rond. Un petit cercle sur le grand cercle terrestre.

Vient alors une deuxième annonce, qui peut prendre du temps : celle que l'on fait aux autres et qui scelle l'évènement. C'est partout dans le monde la même hésitation avant de parler. Un même pressentiment parcourt les sabliers de la grossesse.

La femme africaine qui se découvre enceinte a peur d'attirer sur elle le mauvais œil et préfère se taire, elle poursuit sa vie, son travail aux champs, ne modifie rien de la dureté de sa tâche et y soumet son corps.

La femme occidentale, bien que la mieux informée de toutes, grâce au test de grossesse et à la prise de sang, ne révèle son secret que sous le sceau de la confidence. Il y a en elle aussi de la superstition. Elle connaît la menace : la fausse-couche des trois premiers mois, dont nous, médecins, ne savons rien et que nous ne pouvons empêcher.

La musulmane a appris de sa religion que c'est au troisième mois que l'enfant s'accroche (*mudgha*), que c'est à la fin du quatrième que la force de la vie pénètre en lui et qu'alors il bouge.

Les hommes n'ont manifestement pas attendu le verdict scientifique pour décrypter le mystère féminin. Il fallait se dépêcher de l'encadrer.

Ainsi le Talmud dit qu'une femme ne doit avoir de

rapports sexuels que sept jours après la fin du saignement. Elle doit s'y préparer, se purifier en allant au bain rituel, le Mikvé. Cinq plus sept font douze, la voici dans les jours de l'ovulation. Le calcul est précis, et le texte pourtant vieux de milliers d'années.

Chez nous, après l'annonciation, vient l'apparition. L'échographie fit ses débuts dans les années soixante-dix et ouvrit la voie de la visibilité. À dix semaines, on regarde battre le cœur, on mesure la nuque. On sait que tout va bien. Ainsi, nous tenons tête à l'obscur et à tous les monstres qu'il abrite, nous nous invitons au stade précoce, nous regardons croître la vie et l'intégrons immédiatement à la nôtre. Dans quelques semaines, nous le surprendrons en apesanteur dans sa capsule, tête en haut ou tête en bas, suçant son pouce ou mangeant son orteil.

Une photo reflète toujours l'attente de celui qui la regarde. Chacun va vers l'image qu'il porte déjà en lui-même, ce que son œil voit, son esprit le transforme aussitôt. Et tout alors se confond pour les parents : l'embryon, le fœtus et l'enfant. Il n'y a plus d'étapes, plus que l'enfant et le désir, tous deux rois.

Cette lumière qui nous rassure dans le noir du ventre organise donc la rencontre bien avant la naissance. Le risque est d'oublier le temps incompressible qu'il faut à l'éclosion. La justice vient de décider que tout fœtus né sans vie peut désormais être déclaré à l'état civil, avoir une existence et un nom, quel que soit son âge.

Bien sûr le chagrin d'un rêve inabouti ne s'encombre pas d'une date, d'un poids, d'une durée minimale. Mais la douleur ne peut seule faire la loi. N'appelons pas enfants et parents ceux qui n'ont pas pu l'être. Ce serait certes lourd de conséquences, sur le droit à l'avortement, mais aussi sur nos perceptions et nos repères fondamentaux que sont le début et la fin de la vie.

Et l'image va si vite, elle offre aujourd'hui la troisième dimension, la couleur de la peau, le volume, le détail, elle reconstitue l'invisible. Je me rappelle ce garage où se confectionnaient les images de synthèse du film de Nils Tavernier, *L'Odyssée de la vie*. J'avais le statut de conseiller scientifique, je suggérais là de rosir la peau, là d'accentuer les plis, je prenais la pose de l'enfant, je me recroquevillais, mes bras ébauchaient les siens... J'ai fini par le deviner, moi aussi à l'attendre.

Mais à bannir l'invisible, on efface le rêve. Il y avait quatre grandes photos comme celles-là dans les couloirs de la maternité. Nous les avons retirées : trop crues, trop précises, trop anatomiques. Les sages-femmes ne les aimaient pas, les parents non plus, eux qui gardent chaque fois religieusement la première échographie, ombre pourtant difficilement lisible, striée de noir et de blanc. Ce blanc, où ils nichent leurs désirs, comme je dessine des mots, des ondes et des souvenirs lorsque je me retrouve face à l'archange et Marie. Il n'est pas d'attente heureuse sans imagination.

L'enfant est depuis toujours dans nos rêves comme sur la toile de Chagall, *Maternité* : petit homme debout, déjà musclé. Il rayonne derrière la jupe jaune et fleurie de sa mère qui le montre fièrement du doigt ; tous deux appartiennent encore à un monde cosmique, mais de lui on sait déjà qu'il est fort et prêt à marcher dans la vie.

Me revoilà face à la peinture, Chagall, le Russe surréaliste, après Fra Angelico, le moine italien... Je vis depuis tant d'années parmi les toiles, les couleurs et les affres de la création d'une femme peintre. La photographie n'a pas chassé ni vieilli le pinceau, elle ne fait que souligner sa puissance d'évocation.

Laissons encore un peu de place à l'indicible…

Il est des attentes longues, des douleurs souterraines, des blessures à vie pour celles que l'annonce jamais ne touche, ou simplement effleure.

Pour elles, je pense à une toile, *Le Soleil et la Vie* de Frida Kahlo : plantes fatiguées que le soleil ne parvient pas à réchauffer, pistils en forme de larmes, fœtus qui pleure. Tout est là du corps blessé de cette femme peintre qui ne put jamais mener une grossesse à son terme.

… Et à l'invisible aussi, qui parfois livre de très belles images.

En Haïti, le fœtus est un enfant debout dans l'utérus pendant toute la grossesse. Sa tête est ainsi placée du côté du cœur maternel et alimentée par le sang grâce à une veine reliée directement à son crâne. Cette ouverture crânienne se refermera après la naissance : ce sera la fontanelle. Tout est faux dans cette histoire. Mais ceux qui la racontent sont comme nous. Il y a dans leurs songes un être qui grandit, l'oreille collée tout contre le cœur de sa mère.

II

◎

L'un contre l'autre

J'aime les zoos. Je les visite tous, au gré de mes déplacements. J'ai vu les ours blancs d'Helsinki, les lamas de Buenos Aires, les merveilleuses volières de Melbourne, les aquariums gigantesques des États-Unis, les pandas de Shanghai, les singes de Madagascar qui semblent avoir posé un diadème sur leur tête, et même les zoos d'Afrique malgré leurs animaux faméliques à en pleurer.

Je crois avoir croisé les plus beaux hippocampes qui soient à l'aquarium de Monaco. Évidemment, ils m'intriguent. C'est l'une des rares espèces où le mâle porte la descendance, cent à deux cents œufs dans une poche ventrale pendant deux à trois semaines. Au Chili, il existe une petite grenouille dont le mâle avale ses propres têtards et les installe dans le sac vocal qui lui sert à chanter. Plus tard, lorsque les jeunes sont devenus grenouilles, il les expulse par la bouche. Il peut à nouveau chanter. En Australie, une autre petite grenouille femelle avale ses œufs et les loge dans son estomac. Quelques semaines plus tard, elle dilate son œsophage, contracte ses flancs, expulse avec force ses petits au loin. Elle peut à nouveau manger.

Les animaux sont l'infini, la multitude, la variété des formes, des couleurs, des bruits et le reflet de tous les continents. Ils dessinent un miracle pour l'œil nu. Ils donnent même forme aux mythes éternels : ces mâles qui mangent et régurgitent leurs petits n'évoquent-ils pas Cronos, le Titan, dieu père de la mythologie grecque, qui dévora ses enfants parce qu'un oracle lui avait prédit qu'il serait détrôné par l'un de ses fils ? Son épouse Rhéa n'en sauva qu'un, qu'elle remplaça par une pierre entourée d'un lange. Il s'appelait Zeus, il fut élevé par des nymphes. Devenu adulte, il fit recracher à son père le caillou qui le sauva puis tous ses frères et sœurs. Et fut sacré roi des Dieux et des Olympiens…

L'homme, c'est le contraire. Un corps unique peuplé d'individus changeants. Et si je suis médecin, c'est que j'aime deviner sous le cuir humain l'histoire de chacun. La diversité me fascine. Chez l'homme, elle est secrète, chez l'animal, immédiate. J'ai remarqué qu'au zoo, les enfants sont étrangement calmes. Je n'en ai jamais vus qui tournent le dos aux bêtes. Ils semblent être des alliés naturels.

Un petit animal prospère sous la courbe de votre ventre.

Chez les Dogons, pendant les derniers mois de la grossesse, on dit : « L'enfant dans le ventre de sa mère nage, car l'être humain est comme un poisson. »

Votre rondeur est terrestre, elle dit l'homme sorti des eaux. Une vie se dédouble, un corps se transforme… Il y a le ventre qui pointe, celui qui ne se voit pas, le porté haut, le porté bas, le ventre caressé en permanence et celui qu'on laisse tranquille. Il y a dessus, de haut en bas ou de bas en haut, une ligne plus ou moins brune qui ressemble à un chemin pigmenté, et au milieu un nombril poussé dehors, qui se défroisse et semble renaître.

Que d'inconnues s'offrent à vous. Que d'hypothèses s'offrent à moi.

◎

La grossesse est un temps indélébile et incompressible. C'est un présent qui dure, plus qu'il ne passe, il rassemble le passé et l'avenir, et voudrait tout métaboliser. C'est un temps changeant d'une grossesse à l'autre, grand bleu pour les unes, ciel gris velours pour d'autres… Toutes les météos féminines sont possibles.

Les Aztèques considéraient cet évènement comme le plus heureux de l'existence, cela donnait lieu à des réjouissances auxquelles étaient conviées les deux familles – et aussi les notables.

Mais la liste des dieux et déesses protégeant la femme était longue comme les soucis et les mois à passer :

Ometecutli : dieu qui envoie l'enfant sur Terre.

Tzintuhcihuatl : déesse de la grossesse.

Xochiquetzal : déesse de la fécondité, protectrice de la femme enceinte et première mère de jumeaux.

Coatlicue, « Notre-Dame à la jupe aux serpents » : protectrice de la femme enceinte.

Tlalzolteotl, « Grand-Mère du bain de vapeur » : patronne des sages-femmes.

Ayopechtcatl : petite divinité féminine des accouchements.

Le monde ouvre grand ses parapluies, il déploie ses dieux, ses aliments magiques, ses gestes, sa surveillance, ses interdits. Ici, vous êtes une salariée protégée, vous aurez droit à un congé maternité, voire pathologique, à la moindre complication. Vous êtes étroitement surveillée. Là-bas, la femme bariba du Bénin devra travailler le plus dur possible jusqu'au dernier jour. Sinon, son sang deviendra épais, circulera trop lentement, cela compliquera son travail au moment de l'accouchement. Au Togo, un travail épuisant est même recommandé pour que le corps de la mère soit musclé, prêt à enfanter. On n'écoute pas les conseils de repos prodigués dans les consultations des dispensaires. Même refrain au Vietnam où l'inactivité est mère de tous les maux.

Ici, c'est avant qu'on protège la mère ; là-bas, c'est après...

Vous êtes plus sensible que d'ordinaire, l'angoisse monte plus vite, les larmes aussi... Sachez que de vieilles croyances indiennes disent qu'une mère doit être heureuse. Toute pensée ou évènement sombre pourrait atteindre l'enfant. Il risque de se nourrir de la tristesse de sa mère.

Au Sri Lanka, il est même déconseillé à une femme enceinte de regarder les informations à la télévision, le chaos du monde pourrait faire peur à celui qu'elle porte.

En Turquie, on conseille de fréquenter la beauté : l'enfant ressemblera à celui que la mère aura le plus regardé. Malheur à celle, en revanche, qui commettrait un larcin : il laissera une marque sur la peau du nouveau-né. Voilà pourquoi, tricotant conseils et interdits, certaines volent du raisin noir ou du poivre, espérant sur l'enfant le très convoité grain de beauté.

Vous avez des envies subites. Des caprices. Toutes les futures mères sont comme vous. Et là où la croyance est tenace, il ne faut rien refuser à une femme enceinte : l'aliment désiré pourrait laisser une tâche – encore une – sur la peau du bébé. On pense que les désirs d'une mère sont ceux de l'enfant, que ce qu'elle vomit, il ne l'aime pas. Il a pris possession de son corps. Alors du désir à l'interdit, il n'y a qu'un pas.

La Coréenne ne mangera pas de canard pour éviter que son bébé ne marche comme lui.

La femme ewe du Togo bannira la tortue de son alimentation, l'enfant pourrait être lent.

La Malgache évitera le bœuf sans cornes, son fils pourrait être impuissant…

◎

La grossesse, c'est un dans un, l'une pour l'un, l'un tout contre l'autre. À l'intérieur, il y a des frontières entre la mère et l'enfant, mais elles sont invisibles. Vous savez bien, vous, qu'il s'agite et joue quand vous tentez de dormir, que son hoquet vous surprend et vous secoue à l'improviste. Il a son rythme et vous le vôtre. Mais il mange et boit un peu comme vous. Que ressent-il de vos joies, de vos peines ? On ne sait pas grand-chose, mais mieux vaut être prudente. Il entend votre voix.

Parfois vous ajoutez votre propre frontière avec lui, parfois vous l'abolissez.

Vous effacerez-vous derrière lui ? Certaines ôtent leurs bijoux, vont vers des attributs plus protecteurs, ou vers une apparence plus naturelle. Le bijou est dans leur ventre. Elles s'oublient, fusionnent avec l'enfant. Il est difficile alors d'attraper leur regard, il est tourné vers l'intérieur, happé par l'obscurité. Elles abandonnent ce qu'elles étaient, sans savoir ce qu'elles seront. Elles vivent sans miroir.

Vous affirmerez-vous avec lui ? Certaines sont si épanouies et si éclatantes enceintes que lorsque je les revois huit semaines après la naissance je ne sais plus comment elles étaient avant. Je ne les vois qu'enceintes.

Lui résisterez-vous un peu, femme autant que mère ?

J'en vois qui campent sur leurs talons, haut perchées sur leur féminité déséquilibrée. Je sais à l'œil nu, sans même qu'elle soit déshabillée, si une femme a pris du poids. Je reconnais sa légère réticence à monter sur la balance, ce sentiment qu'elle a d'être fautive. Il y aurait péché de gourmandise, une faiblesse, un manque de contrôle de sa part, quand tout le reste suit son cours sans qu'elle n'y puisse rien. Il y a sûrement entre elle et son compagnon un petit jeu autour de ses rondeurs. Je sais qu'elle surveille aussi son visage, qu'elle a le souci de rester belle. Je le regarde aussi. S'il gonfle, c'est l'un des signes de l'hypertension et cela peut annoncer des complications.

Notre rendez-vous est médical, mais c'est aussi l'image qu'elle a d'elle-même qui s'y joue. Elle n'oublie pas son corps d'avant, elle aimerait qu'il l'attende. Alors parfois elle m'entraîne, malgré le masculin-féminin, dans l'intimité de ses soucis. Sa coquetterie me fait sourire mais je sais qu'elle a son importance.

Je peux me faire une teinture, docteur ? Bien sûr.

Je peux me faire les ongles, docteur ? Bien sûr.

Je peux me faire un maquillage permanent, docteur ? Là, j'ai demandé de quoi il s'agissait, je n'en avais jamais entendu parler. Elle m'a expliqué, ce fard presque à jamais tatoué sur la peau.

J'ai pensé alors à une scène vécue il y a longtemps, plus d'une vingtaine d'années. C'est étrange comme un moment vous suggère parfois son contraire. J'étais en Égypte, à Alexandrie, invité pour faire une conférence sur la fécondation in vitro et conseiller une équipe de médecins. J'ai été reçu comme un personnage officiel, longeant le front de mer délabré dans une grosse voiture. Ça m'amusait, je pensais à mon frère né sur un bateau au large d'Alexandrie. Quand je suis arrivé à l'hôpital en fin d'après-midi, j'ai découvert une centaine d'hommes et de femmes qui semblaient attendre, j'ai demandé ce qu'ils faisaient là, on m'a répondu qu'ils étaient venus dès le matin et espéraient une consultation avec moi.

Ce n'était pas prévu. Mais on s'est organisés. J'ai demandé quatre salles d'examen et des interprètes. Les consultations ont commencé. J'allais de box en box, accompagné d'un médecin qui évidemment ne s'adressait qu'au mari. La femme était passive, tout paraissait normal à ces gens enfermés dans leurs codes. J'étais, moi, décontenancé, j'allais de l'une à l'autre, figures muettes, voilées, portant des gants noirs remontés jusqu'aux coudes. Elles m'attendaient cuisses ouvertes, n'ayant pour seule identité visuelle que deux yeux fixes et un sexe rasé… Je sais maintenant que les lois de la pudeur mènent à tout.

Aujourd'hui, d'autres femmes fantomatiques et voilées ont fait leur apparition dans les maternités françaises. Leurs maris exigent souvent que l'examen ne soit pas fait par des hommes. Nous avons dû afficher une charte de la laïcité à l'hôpital, nous y expliquons que nous tiendrons compte des croyances de chacun, mais qu'en cas d'urgence, la personne de garde, quel que soit son sexe, prendra la femme en charge.

La nudité des femmes est partout chez nous. Ailleurs,

elle est péché capital. Leurs courbes dessinent l'une des grandes frontières du monde. Mais qu'ils le magnifient ou le répudient, religieux, tribuns ou commerçants convoitent le corps féminin. Le médecin, lui, ne tourne pas autour, il l'explore. C'est ce qui rend ses gestes pudiques.

J'ai en tête une vieille gravure d'un chirurgien du XVIIIe siècle examinant une femme. Ses mains s'aventurent sous une couche épaisse de jupons tandis qu'il regarde ailleurs. Les matrones, en bien des endroits, s'abritent encore derrière des tissus. Le toucher vaginal pendant les consultations de grossesse n'est pas systématique en Angleterre. Nous sommes pourtant les gardiens de la porte du monde, nous vérifions juste qu'elle est bien fermée, que l'enfant et la mère ont encore du temps, peuvent se préparer tranquillement à leur première rencontre.

Mais il y aurait de l'indécence à ne faire que cela, à n'écouter ni les mots, ni les doutes, ni même la coquetterie d'une femme enceinte. Car elle vous fait alors la regarder dans les yeux, elle vous dit son histoire, qui n'est pas celle de la patiente suivante ou de la précédente. Il est vrai qu'il est des jours où nous sommes plus disponibles, moins préoccupés que d'autres. Je suis comme elle, j'aime quand notre rendez-vous déborde, elle repart confiante, j'ai mon échantillon d'humanité.

Parfois c'est de son couple qu'elle me parle, elle demande s'ils peuvent faire l'amour. C'est comme si elle demandait pour lui, comme si elle effaçait sa propre sexualité. Sauf cas particulier, je lui réponds qu'elle doit écouter ce que son corps lui suggère. Le désir est roi. L'enfant est né d'une étreinte, il n'en ira que mieux si elle se prolonge.

Dans les Andes péruviennes, il est conseillé de s'arrêter au septième mois, le sexe du père pourrait toucher l'enfant et lui aplatir le nez !

III

Un orage s'annonce

Le premier bébé que j'ai vu naître avait le poing levé et il était cubain. Il apparut la main sur la tête et tendit le bras en sortant. En ces années pré-68, j'étais un jeune étudiant en médecine de passage à Cuba, plus porté sur la politique que la maternité. J'ai cru la révolution en marche !

Cette image ne s'est pas effacée comme les emportements de la jeunesse, elle est restée, première d'une longue série qui jalonne ma vie. Je sais maintenant ce qu'elle veut dire, je sais combien ce poing levé a bataillé pour se frayer un passage, ouvrant les entrailles de sa mère, voie universelle et pourtant très intime, vers la fin d'une histoire intérieure de neuf mois et le début d'une autre, une vie.

Je sais aussi qu'il est exceptionnel et préoccupant de voir l'enfant ainsi paraître, qu'il risque de ne pas passer. Alors, lorsque la main précède la tête, je la pince doucement afin qu'il la retire.

◎

Quand vient l'acte ultime, le moment d'accoucher, la fébrilité s'installe. Un orage s'annonce. Il promet des débordements, bouscule l'ordre établi, la place de chacun et la conscience qu'il en a. L'accouchement est un moment d'inconscience.

Le chemin aujourd'hui semble balisé. Vous préparez votre sac longtemps à l'avance, aveu d'une impatience anxieuse. Vous avez appris à repérer la fréquence des contractions, appris aussi à respirer, vous savez quand venir, il arrive que vous vous trompiez, qu'il soit un peu tôt. Qu'importe, vous serez rassurée.

Femme d'ici a de la chance. Dans l'enceinte d'une maternité moderne, un capteur est posé sur son ventre, elle peut parfois continuer à marcher. Le travail a commencé, mais plus rien ne la cloue sur un lit, seule avec sa douleur et son compagnon qui ne sait que faire pour l'aider. J'aime la voir approcher de la naissance tout en restant mobile, elle peut déambuler, se plonger dans un bain chaud ou parmi les bulles d'un jacuzzi, se poser aussi sur de gros ballons ronds et colorés qui la soulageront un peu. On pourrait croire qu'elle joue comme une petite fille, juste avant de tourner définitivement la page. Mais quand la contraction vient la saisir au bas du dos, elle serre les dents.

Elle a mal, de plus en plus. Et le dit, tout simplement. Cette douleur n'est à aucune autre pareille. Celle qui la ressent pour la première fois se fait l'écho d'une plainte ancienne.

Il résonne loin ce mot : le mal. Longtemps il tergiversa entre être et avoir. Elle a mal. Elle est le mal.

Cette hésitation du verbe décida du sort des femmes. Elle était impure celle que les temps anciens condamnaient à s'éloigner pour accoucher seule. Dans les insondables profondeurs des origines rôdent les forces obscures. Le soupçon n'est pas éteint, il parcourt encore la planète. L'Afrique commande à ses femmes de ne pas crier au risque d'alerter les mauvais esprits et de déshonorer sa famille. Celle dont le travail est trop long est parfois suspectée d'infidélité ou de désobéissance à son mari, elle doit alors avouer, consoler l'offensé, il y a palabre pour que l'accouchement puisse se dérouler normalement.

À l'autre bout du monde, la pensée bouddhique entend dans les cris d'une femme l'aveu des péchés d'une vie antérieure. Je n'oublie pas cette grande salle commune au Viêtnam, l'incroyable mutisme des mères tandis que l'enfant descendait en elles. Ensemble dans ce passage douloureux, elles accouchaient côte à côte, à trois ou quatre dans la même salle. Leur silence était dicté par l'interdit, la communauté, leur salut.

L'humanité souvent muselle ce qu'elle craint. La femme a toujours porté le poids du péché originel parce qu'elle a ce pouvoir de contenir les hommes et d'ouvrir grand son corps, jusqu'à frôler la mort, pour leur frayer un passage. La vie vient par la Porte des femmes, comme l'appelait Freud. Sous le pinceau de Gustave Courbet, l'origine du monde est un sexe triomphant.

Gestes conjuratoires et protections se sont donc toujours imposés quand la naissance s'annonce : amulettes, croix sur les murs, cheveux déliés, onguents et huiles, chants, invocations aux ancêtres, sainte Marguerite patronne des accouchements, priez pour nous... Un même murmure inquiet parcourt le monde.

Et l'on sépare depuis toujours le lieu de la naissance du lieu de vie. Il ne faut pas croire que l'on est simplement passé de la maison à l'hôpital. Il fut toujours question d'un recoin, d'une porte fermée, d'une zone sombre. Les femmes jivaros vont dans le jardin, la femme peule dans l'enclos extérieur fait pour la toilette, les Asiatiques choisissent une pièce bien à part où la femme restera longtemps après l'accouchement, tant que les forces occultes rôdent. On protège autant qu'on se protège.

Les murs de la maternité sont notre digue aujourd'hui face à l'évènement. Ils ne craignent pas le sang ou les cris d'une femme. Ils sont faits pour elle. Mais il fallut bien du temps pour les bâtir. La première maternité en France date probablement du XIVe siècle, quand une section baptisée «office des accouchées» fit son apparition au dernier étage de l'Hôtel Dieu. Des nécessiteuses séjournaient là à deux ou trois par lit, chacune avec son enfant dans les bras. Nul ne pensait à leur fournir un berceau. Les gens bien accouchaient chez eux.

Et puis la médecine a lentement inversé le cours des choses, la maternité est devenue synonyme de sécurité. Aujourd'hui, on endort le mal. La femme qui, tout à l'heure, trempait sa douleur dans l'eau chaude, vient s'allonger en salle de travail. Commence alors autour d'elle un drôle de ballet en habits stériles, charlotte sur la tête et sur-chaussures aux pieds : l'anesthésiste, la sage-femme, l'infirmière, le médecin… Tout a l'air rodé. Réglé. Prévisible. Et la douleur endormie.

Mais la naissance reste un champ de batailles et de passions où les questions demeurent sans jamais disparaître. Nos maternités sont hantées par les siècles, les légendes et le regard depuis toujours porté sur les femmes. Le mal fait encore parler de lui. Il se fait presque regretter maintenant qu'on l'a terrassé. J'entends les interrogations. Femme soulagée serait-elle dépossédée des sensations d'un instant unique de sa vie ?

Je revois nos premières réunions pour convaincre des

bienfaits de la péridurale. Nous étions des militants, nous croyions à l'émancipation des femmes par la technique. Nous voulions détruire cette équation fataliste et biblique : femme = douleur. Nous invitions les futures mères à venir écouter celles qui avaient accouché sous péridurale. Nous voulions faire tomber les angoisses. La rumeur, armée par la tradition et sa vieille garde, luttait, promettait le pire, la paralysie, à celles qui refusaient la douleur. Contre nous également, bien que plus proches par l'idéal, les tenants de l'accouchement sans douleur accusaient l'anesthésie de rendre la mère passive. Eux la voulaient active. Leur méthode venue d'URSS apprenait à la future mère à accoucher, un peu comme on lui apprendrait à nager. Elle contenait des cours d'anatomie, mais surtout un programme physique, inspiré des travaux de Pavlov. Il s'agissait de « déconditionner » les femmes, d'associer la contraction à la respiration pour oxygéner le bébé, au lieu de l'associer à la douleur. Celles qui lors de l'accouchement parvenaient à maîtriser l'évènement plutôt que de le subir recevaient même des bonnes notes !

Dans ces années politiquement bouillonnantes, la droite, la gauche et leurs multiples tendances plus ou moins radicales avaient donc quelque chose à dire sur la douleur des femmes. Car la politique, en tout cas à l'époque, prétendait à l'homme nouveau. Il fallait donc se pencher sur sa naissance.

Il est vrai qu'à ses débuts la péridurale était trop dosée, les femmes disaient n'avoir rien senti du passage de leur enfant. Tout notre travail a été de chercher l'équilibre : diminuer la douleur sans éteindre la sensation et donc l'implication de la mère. Et lorsque la péridurale put s'appliquer aussi à la césarienne, ce fut fascinant ! Nous parlions à la mère tout en incisant son ventre, un drap protégeait son regard de l'opération, et lorsque l'enfant était là, comme au théâtre, nous passions le rideau. Nous posions alors le bébé sur sa poitrine et dans son cou comme si elle avait accouché normalement. Plus rien ne retardait la rencontre.

Les doutes d'aujourd'hui ne me font rien regretter.

J'ai suffisamment roulé ma bosse pour savoir que l'avancée d'hier sera décriée demain, que la modernité engendre finalement la nostalgie et que la nouveauté prétend toujours devoir détruire pour construire. C'est le cycle de nos humeurs. Et les effets de notre mémoire trop courte.

Si la technique a pris trop de place, c'est que nos utopies lui ont cédé le terrain.

◎

Les écrans envahissent nos maternités, comme partout ailleurs. Ils répondent à notre obsession collective d'y voir clair. La machine n'est pas plus fiable que l'oreille pour écouter le rythme cardiaque de l'enfant, mais elle répond à notre besoin d'avoir des données objectives. Ses oscillations sonores nous font entendre la vie, qui doucement se prépare à sortir.

Le travail peut être lent. Les contractions trop faibles.

Femme d'ici est perfusée : une hormone de synthèse se répand dans son corps par voie intraveineuse et augmente ses contractions. Elle est à jeun. Elle peut juste boire un peu d'eau claire, parce qu'il faut envisager la possible césarienne d'urgence et l'entrée au bloc opératoire.

Femme d'ailleurs est nourrie :

La Mexicaine doit avaler blanc et jaune d'un œuf cru ; écœurée, elle le rejette. Ce haut-le-cœur est censé provoquer de fortes contractions utérines.

La Turque doit boire une coquille écrasée mélangée à du thé, ainsi le poussin devrait sortir de sa coquille.

La Taïwanaise, en revanche, demande à son mari d'arracher tous les clous plantés pendant la grossesse pour libérer son bébé…

Nous devinons la contraction sans même plus poser la main sur le ventre de la mère. Dans la salle des médecins et celle des sages-femmes, la courbe vient de dessiner un pic sur l'écran de contrôle. Tout se passe par interposition. On regarde et on surveille à distance, depuis la pièce d'à côté. Il faut y prendre garde : la vision remplace le toucher. Les gestes et les mots s'absentent.

C'est pourtant un corps-à-corps que notre métier. Je me rappelle l'Arménie, où j'étais venu faire une démonstration opératoire. Je crois n'avoir jamais eu aussi froid de ma vie que là-bas. Sous le ciel bleu où se découpait le mont Ararat, refuge de Noé, un froid sec régnait. Le manque de pétrole causait des coupures d'électricité, il n'y avait pas de chauffage. Dans l'hôtel de marbre qui déployait ses fastes pour le visiteur officiel, je dormais avec mon manteau. Quand je suis arrivé dans la salle d'opération glacée, nous avons ouvert le ventre d'une femme, une fumée de chaleur s'en est échappée et j'y ai aussitôt réchauffé mes mains. Cet instant dit crûment ma conviction : celui que je soigne me fait du bien. La médecine est un échange. Et si le monde moderne nous impose la perte des sens, je tiens à garder le goût du naître. Je regarde la femme dans les yeux, je veux savoir ce qui s'y passe. Nous travaillons dans le bas de son corps, mais le haut raconte ses émotions. Nous ne devons pas séparer les deux.

◎

Ici, un désinfectant légèrement parfumé imprègne les lieux. Au Maghreb, on jette du sel et du henné aux quatre coins de la pièce puis on brûle de l'encens tout près de la porte. Le mal, toujours lui... risque infectieux, dit là-bas mauvais génie.

Il y eut toujours avec l'enfantement un besoin de pureté. La bataille n'est pas terminée. La médecine n'en aura jamais fini avec les problèmes d'asepsie, elle n'a pas éradiqué le mal, il revient toujours, se choisit de nouveaux masques, nous impose de nouveaux gestes. Je me rappelle qu'interne à Eaubonne au nord de Paris, nous opérions la fenêtre ouverte avec vue sur la forêt. Puis nous sommes passés aux blocs fermés, mais là d'autres microbes se régalent de la chaleur et de l'enfermement. Nous sommes pris entre deux feux : ce qui est mis en œuvre pour lutter contre l'infection sécrète à son tour de nouveaux risques. La liste des recommandations s'allonge. L'hôpital moderne se débat maintenant avec les maladies nosocomiales. Il est conseillé de porter un masque au moment de l'accouchement. Je ne le fais que pour les gestes chirurgicaux qui parfois suivent la naissance, mais pas avant. Je veux pouvoir parler et sourire à la mère et au père.

◎

La naissance est proche.

Plus que jamais la digue entre jouissance et souffrance, entre vie et mort est sableuse, pour la mère comme pour l'enfant. En Kabylie on murmure en pensant à eux : *yelli uzekka-s*, « la tombe s'ouvre ».

Alors que d'eau ! Source de la vie, substance fondamentale et originelle ! Pluie qui fertilise, rivières, cascades, fontaines, bains de jouvence et de bien-être sont convoqués au jour du grand passage. Un petit être aquatique se prépare à devenir terrestre.

L'Afrique prépare le feu et met de l'eau à chauffer comme nos grands-parents au siècle dernier. Jarres et bassines sont pleines, tandis que les hommes de la famille adressent une prière et offrent symboliquement à boire aux ancêtres pour les avertir que le moment difficile est venu et qu'on a besoin de leur protection.

Le marabout fait avaler à la femme musulmane qui souffre d'un trop long travail, l'eau avec laquelle on a lavé une tablette où étaient tracés à l'encre des versets coraniques. On l'appelle : « le nom de Dieu ».

Vient aussi le moment où la femme perd les eaux. Si cela tarde trop, à nous de rompre la poche qui les contient.

Quand l'enfant sortira, la matrone des Dogons crachera sur lui l'eau qu'elle aura prise dans sa bouche pour le purifier. Nous, nous le baignerons. Je n'oublie pas notre première tentative de baigner l'enfant en salle de naissance, afin qu'il ne soit pas éloigné de sa mère, à peine né. J'étais un jeune chef de clinique, je demande à mon patron, Émile Papiernik, de pouvoir faire l'essai. Il m'y autorise. La pédiatre responsable était contre, elle resta masquée et gantée derrière la porte. Le geste était simple, mais nous bousculions le protocole, alors tout le monde était nerveux. Ça n'aida pas le pauvre père, il prit l'enfant, le baigna, mais voilà que le bébé glissa et but la tasse ! La pédiatre se précipita, saisit le nourrisson et courut en réanimation. Rien de grave, l'enfant allait bien. Aujourd'hui on baigne les enfants sous les yeux de leur mère et entre les mains de leur père.

Il y a aussi un lavabo dans chaque pièce de la maternité. Nous ne le voyons pas tant sa présence paraît évidente, mais il serait dommage d'oublier son histoire. Laissez-moi vous dire en quelques lignes le combat désespéré du docteur Philippe Semmelweis dans les hôpitaux viennois du XIXe siècle. C'est lui qui imposa ce geste simple et respectueux que nous avons tous à l'entrée d'une salle d'accouchement : se laver les mains. La fièvre puerpérale tuait alors trop souvent la mère puis l'enfant, et personne ne s'en préoccupait, on trouvait à cela toutes sortes d'explications arrangeantes, et comme toujours on croyait la loi de la fatalité inventée pour les femmes. Mais dans l'hôpital où il travaillait, Semmelweis remarqua qu'on mourait trois fois moins en couches dans la clinique des apprenties sages-femmes que dans celle des étudiants masculins. Cela devint son obsession. Il chercha et finit par comprendre que les étudiants passaient directement de l'autopsie à l'accouchement, ils transmettaient donc aux mères des particules putrides de cadavres. Semmelweis imposa aussitôt le brossage chloré des mains à l'entrée des salles d'accouchement. Il eut droit aux sarcasmes des étudiants et de ses supérieurs. Mais la mortalité chuta brutalement. Il mourut dément des années plus tard, probablement atteint d'Alzheimer, dans une clinique psychiatrique proche de Vienne. Peu de temps avant, lors d'une réunion à la faculté, il s'était mis à réciter ex abrupto le serment des sages-femmes. Son autopsie révéla une blessure à sa main droite. On le dit alors décédé d'une septicémie secondaire. Semmelweis aurait donc succombé au fléau qu'il avait combattu…

J'aime cette histoire, parce qu'elle raconte une médecine généreuse, qui lie la performance médicale au soin que l'on prend des mères. Chez elles, l'eau c'est aussi les larmes. Elles viennent parfois avant, souvent pendant, et toujours après. De toutes les façons, elles viennent.

Le corps de la femme s'ouvre lentement. Un par un, à l'intérieur, des verrous sautent. Comment peut-il s'ouvrir si grand ? C'est une énigme que l'Algérie raconte ainsi :

Tibbura bbwammas Idint, « les portes des reins sont ouvertes ».

Ysan ferquen, ddgedgen, « les os sont séparés et émiettés ».

Ifaden kkawen, « les jambes sont desséchées ».

Toute la violence et l'animalité du passage s'entendent dans ces phrases. Elles disent ce que de nombreuses femmes redoutent. Certaines réclament une césarienne de convenance, elles ont peur d'être abîmées. Aujourd'hui, dans les cliniques brésiliennes, quatre-vingts pour cent d'entre elles choisissent la césarienne. Elles sont quarante pour cent dans les cliniques huppées de la région parisienne.

La maternité n'est plus vécue comme la finalité, mais comme une étape importante de leur vie. Alors, elles choisissent le moment, et aussi la façon d'accoucher, comme si la nature ne devait plus rien leur commander. Il est vrai que la césarienne s'est considérablement allégée. Une fois l'incision cutanée faite sur une dizaine de centimètres, nous ouvrons au doigt, nous écartons à la main, une personne est de chaque côté en tension, penchée en arrière, comme sur un voilier, ça va plus vite, ça saigne moins. Mais cela reste un acte chirurgical, une expérience différente et beaucoup plus passive. On prend l'enfant à la mère pour le lui donner plutôt qu'elle ne le donne au monde.

Après un don d'ovocytes, je dis souvent aux femmes enceintes, lorsqu'elles doutent du lien à celui qu'elles portent, que l'accouchement est irremplaçable et fondateur. C'est vous qui le poussez au monde.

J'en ai vu quelques-unes qui en une seule expulsion font sortir l'enfant. La tête est à trois centimètres de la sortie et, d'une seule et longue poussée, il est dehors. La femme prend son souffle, communique sa force au nourrisson et l'emmène jusqu'à la lumière. C'est rare une telle adéquation entre la volonté et la réalité, ça n'arrive pas au premier accouchement, mais ça me fascine à chaque fois. C'est comme une vague qui vient de très loin sur une mer calme, elle s'est formée depuis le fond des océans et surprend tout le monde.

D'ordinaire, tout est plus diffus. Nous en savons plus que la mère elle-même, nous voyons l'enfant descendre, nous devinons sa progression, nous guettons ses épaules, moment toujours délicat, nous anticipons les débordements, nous savons qu'il sera là dans trente secondes, nous guettons l'orage et le visage de la mère qui ne sait pas encore, elle, que la béatitude, la souffrance, les larmes – tout est si proche en un tel moment – vont l'envahir d'un instant à l'autre.

Il existe à Béclère un miroir sur roulettes dans un cadre amovible. Nous l'avions fabriqué il y a des années, nous cherchions pour la mère et l'enfant autre chose à inventer que la technique. Les jeunes médecins l'utilisent moins, les sages-femmes et moi le proposons encore. Il se place face à la mère quand la tête de l'enfant paraît, elle voit ce qui arrive, elle comprend mieux les étapes et l'effet de ses poussées. Je n'ai jamais vu de mouvement de recul devant le sang, la glaire, ou la béance. Il y a déjà en elle ce réflexe de faire et d'affronter les choses.

Quand les épaules puis les bras de l'enfant sont passés, j'appelle la mère à le prendre, à le sortir, elle se redresse, tend les bras, l'amène vers elle, tout contre sa poitrine et tout près de son père. Lui est sidéré, ému, paralysé. Il ne s'avance pas pour tirer l'enfant qui fait encore partie de la mère. Mais il est là.

Je n'y étais pas, moi l'accoucheur, à la naissance de mon premier fils, ça ne se faisait pas. Ce fut une grande révolution que l'entrée des pères. Elle fixa leur place, tout près de l'enfant dès la naissance. Je me rappelle une petite salle enfumée pleine de pères dans un hôpital d'Arménie. Il leur était interdit d'approcher, alors ils attendaient, les yeux rivés sur un écran relié à un système interne de télévision. Puis un enfant emmailloté difficile à distinguer apparaissait au bout des bras d'une mère lasse. Ils savaient quand c'était le leur, ils se congratulaient, ils vivaient entre hommes, et de loin, la naissance d'un fils ou d'une fille dont ils ne pouvaient même pas caresser la joue. L'enfant était ensuite aligné avec d'autres dans un grand bac, berceau collectif.

Venir au monde, dit-on... Il n'y a qu'une seule voie, et pourtant bien des manières.

J'ai trois genoux, dit l'Africaine qui accoucha à genoux de ses trois enfants, aidée d'une matrone placée derrière elle pour recevoir le bébé entre ses mains.

En Côte-d'Ivoire, elles s'accroupissent dans l'eau ; en Malaisie elles sont à califourchon ; en Turquie elles se tiennent à une corde ; chez les Dogons du Mali, à une poutre tandis qu'une vieille femme leur masse le ventre depuis les seins jusqu'en bas ; en Allemagne, elles ont un nouveau siège très design... Chez nous, j'observe les sages-femmes qui, ces dernières années, font accoucher les mères sur le côté, elles disent que ça ouvre mieux le bassin, je ne sais pas faire comme ça. Elles me montrent. J'apprends encore... Rien jamais n'est figé. Alors que ferez-vous quand viendra votre tour ? Que serez-vous ?

De celles qui s'en remettent au médecin ? De celles qui voudraient être actives ?

Pour moi, tout est plus simple quand la femme est allongée sur le dos, j'ai besoin de voir ses yeux. Mes repères sont là. Peut-être parce que je suis un homme qui fait avec le corps des femmes.

Je ressens l'obstétrique comme une école de tolérance, autant dire un perpétuel mouvement. Notre médecine s'implante progressivement sur les versants pauvres du monde, là où vivent les deux tiers de l'humanité et où perdurent bien des traditions qui nous opposent.

Les murs d'une maternité sont bâtis pour les femmes, au croisement du profane et du sacré. Autant dire qu'ils sont construits sur les grandes failles du monde. Nous le sentons vivement ces dernières années. Nous nous heurtons à des questions que nous croyions depuis longtemps résolues. La place de la maternité dans la société n'est donc jamais tranchée.

Elle était musulmane, sa grossesse pouvait la tuer. Pour sa survie, elle devait avorter. Mais elle ne voulait rien entendre. Elle répétait sans cesse : « Dieu l'a voulu, je l'ai fait. » Il fallut appeler au téléphone le recteur de la mosquée de Paris, il lui parla longuement, partagea avec elle, ses mots et ses valeurs. Elle accepta finalement notre intervention.

Elle était africaine et refusait la césarienne qui s'imposait. Elle avait appris que l'enfant qui n'emprunte pas le bon chemin n'est pas bien né et sa mère donnée pour stérile. Pourtant le rythme cardiaque du bébé diminuait, l'urgence nous obligeait à agir, mais elle ne voulait pas, le père non plus, il restait silencieux. Alors tout hôpital public et universitaire que nous étions, nous avons fait comme en Afrique, nous avons appelé le marabout. Deux longues heures plus tard – Aubervilliers-Clamart en bus – il était enfin là. La situation était critique. Je le revois vêtu d'un grand boubou bleu et d'un chapeau. Il ne voulait pas se changer, alors nous avons ouvert les portes et, depuis le fond du couloir, il a dit deux mots en forme d'interjection, parole courte et magique que nous n'avons pas comprise. La femme et son mari ont dit « oui ». Nous avons foncé au bloc.

Elle était roumaine, membre d'une secte évangéliste. Il fallait interrompre la grossesse, l'hypertension artérielle étant devenue incontrôlable. Elle disait qu'il suffisait de prier, son mari aussi. Ils étaient très jeunes, très croyants. Je leur ai dit : « En qui avez-vous confiance ? » Ils m'ont donné le nom d'un pasteur. Il est venu, brièvement, je lui ai parlé en tête à tête. Je lui ai dit : « Si les gens veulent mourir, ils peuvent, mon rôle c'est de les informer de l'enjeu. Si elle veut partir, elle part. » Le lendemain, nous avons pu agir.

C'est cela pour moi une maternité, une histoire collective et mouvementée, traversée par les époques, leurs rêves et leurs peurs. Je travaille dans le même hôpital depuis plus de trente ans, j'y vois nos points d'interrogation et d'exclamation, nos utopies oubliées, nos progrès, toutes nos tentatives pour inverser définitivement le cours de l'histoire, soulager le corps intranquille et tellement douloureux d'une mère à l'aube de la naissance de son enfant.

Celle qui arrive pour accoucher ne doit rien sentir de cette fébrilité, ni deviner toutes les questions qui nous hantent. Elle vient vivre son histoire. Et nous sommes prêts à y prendre notre place. Il faudrait que nous puissions moduler notre présence, être tout près, ou un peu plus loin, selon que la grossesse a été simple ou difficile, selon que l'enfant est en siège ou tête en bas, trop gros ou trop petit. Rien jamais n'est joué. On ne sait qu'après coup si un accouchement est simple.

En Australie, il y a une seconde entrée à la maternité, elle donne sur de petits appartements, avec chambre à coucher, salon et coin cuisine. Les couples viennent là pour la naissance de leur enfant, une sage-femme est à leurs côtés. Si les choses se compliquent, il suffit de pousser une porte pour être à l'hôpital. En Pologne, c'est un peu pareil, deux systèmes d'accouchement coexistent et communiquent, l'un naturel, l'autre plus technique. Les Pays-Bas ont une autre méthode : ce pays est souvent présenté comme la preuve qu'il n'y a aucun risque à accoucher chez soi, or c'est oublier qu'il y existe un suivi et un classement préalable des femmes enceintes selon le risque qu'elles présentent. Voilà comment vingt pour cent d'entre elles accouchent à la maison avec un pourcentage infime de complications. En Allemagne, en Angleterre, au Canada, partout on sait varier la présence médicale. Pas chez nous…

Ce projet existe en France, il s'appelle « maison de naissance ». Nous sommes plusieurs à y avoir travaillé, mais aucun décret ne l'a encore concrétisé. Une même réticence administrative et médicale veille à ce que rien ne change. On ferme les petites maternités, on en bâtit de plus grosses, très performantes et techniques, mais tellement plus anonymes. Quelle architecture ? Quelle place pour le père ? Ces questions-là ne sont plus posées. Seule compte la performance.

Qu'est-ce qui nous empêche de construire, tout à côté,

en continuité de ces plates-formes dernier cri, les maisons de naissance, plus chaleureuses et totalement adaptées aux accouchements qui s'annoncent bien ? Rien, si ce n'est l'infatigable jeu de pouvoir. La maison de naissance serait évidemment le lieu des sages-femmes qui réalisent déjà les trois quarts des accouchements – seuls les forceps ou la césarienne ne sont pas de leur compétence. Mais leur construire des murs et leur en laisser les clés serait, aux yeux de la puissance médicale, une bien trop belle conquête…

◎

Les sages-femmes sont là depuis la nuit des temps. Elles sont les fées des contes de Grimm. En Afrique, des matrones parfois rugueuses à force d'avoir été les témoins de souffrances. Chez les Mayas, lorsqu'une femme mourait en couches, elle devenait l'égale d'un soldat mort à la guerre et bénéficiait des mêmes honneurs funéraires. Alors les sages-femmes se livraient à un combat rituel avec de jeunes guerriers qui tentaient de s'approprier un morceau du corps de la morte pour renforcer leur vaillance.

En France, elles se sont appelées les bonnes mères, les sous-ventrières, elles avaient rang d'artisan, elles n'étaient pas très instruites, et versaient facilement dans la magie. Il existait bien un règlement du métier, il disait juste qu'il fallait ôter ses bagues, laver ses mains, être mariée et sous peine de mort ne pratiquer aucun avortement. Mais certaines d'entre elles comprirent l'urgence d'une instruction de toute la profession. Au XVIIe siècle, Mme Le Boursier du Coudray sillonnait la France avec un mannequin de tissu, bassin féminin démontable, qu'on appelait « le fantôme ». Plus célèbre encore fut Louyse Bourgeois, grande sage-femme, devenue royale, qui accoucha Marie de Médicis. Elle laisse des Mémoires qui comptent dans l'histoire de l'obstétrique comme dans celle de la France. Elle y raconte par exemple combien fut longue et difficile la naissance de l'infant Louis XIII, et comment, lorsqu'elle voulut éloigner les courtisans de la chambre, ils ne l'écoutèrent pas : « Tais-toy, tais-toy, sage femme ; ne te fasche point. Cet enfant est à tout le monde, il faut que chacun s'en réjouisse. »

Ce sont les maîtresses du souverain qui firent entrer les hommes chirurgiens. Elles ne voulaient pas des sages-femmes de la reine. Ils se hâtèrent d'offrir leurs services, mettant fin au séculaire interdit qui déjà vacillait. Le doyen de la faculté écrivait encore en 1708 un petit traité, *De l'indécence des hommes d'accoucher les femmes*, tandis que des hommes se déguisaient en femmes pour pratiquer des accouchements. L'un d'eux périt même décapité pour cette intrusion. Bientôt, se faire accoucher par un homme devint à la mode. Comme c'était plus cher, la bourgeoisie, toujours soucieuse d'afficher son statut, s'y mit aussi et les hommes prirent la place. Ainsi s'est dessinée la carte médicale et sociale de la naissance imposant les hommes par le haut.

J'ai connu à mes débuts le règne d'un état-major masculin. Ils avaient un savoir-faire indéniable, mais leurs blagues et leur rire un peu gras autour des femmes me mettaient mal à l'aise. Comme cette négligence qu'ils avaient parfois d'attendre le lendemain pour recoudre une épisiotomie. Je débutais, je me taisais. Le père n'entrait pas. La contestation non plus. Les choses ont depuis beaucoup évolué. Les médecins sont aussi des femmes. Et les sages-femmes continuent, intemporelles et de plus en plus aguerries. Elles sont aux avant-postes entre la femme et le risque, entre la femme et la technique. Sans elles, je ne sais pas ce que seraient nos maternités. Nous avons de très bons zorros, capables de prouesses dans des situations délicates, mais c'est une médecine de proximité qu'il nous faut. Une naissance réussie se prépare des mois à l'avance.

Il y a des années, des équipes de Béclère partaient avec Médecins sans frontières vers le Tchad pour former les matrones. Il y avait une table d'accouchement rouillée dans un coin et aucun des supports modernes qui sont les nôtres. Nous leur apprenions essentiellement l'accompagnement de la grossesse en amont : surveiller l'albumine, la prise de poids, faire cuire les aliments. Ce qui est vrai pour eux l'est aussi pour nous.

Il faut des gestes, des mots, des sourires et des détails partagés pour qu'une femme se prépare en confiance à l'accouchement.

On ne peut la laisser enfanter seule dans la douleur, on ne peut pas non plus l'abandonner à la technique. À nous de trouver une voie médiane. Vite. Car l'équilibre est fragile, la tendance lourde, on sent bien, dans le monde tel qu'il va, que tout peut basculer vers l'anonymat. L'enfant qui vient ne gardera aucune mémoire consciente du corps qui l'a porté. Sa mère, toujours, se souviendra.

IV

Un trésor enfoui

J'ai parcouru la Polynésie il y a deux ans, j'ai ressenti l'immensité, l'inquiétude qui s'y rattache. Il n'y a que l'océan autour, pas un continent à moins de six mille kilomètres, j'étais perdu parmi les îles du Vent, les îles Sous-le-Vent, l'archipel des Tuamotu, l'archipel des Gambier, l'archipel des Australes et celui des Marquises. Les îles sont rondes, plates ou montagneuses, tout est courbe, je cherchais un centre, j'en avais besoin.

Au fil des jours, telle la vigie prise de vision à trop guetter la terre, je trouvais à ces atolls en pleine mer des faux airs de placenta, galette si familière à mes mains. Je plaquais le connu sur l'inconnu, j'inventais un nombril là où je n'en trouvais pas. Étrange ce que les éléments suggéraient à mes yeux de médecin, ou plutôt dévoilaient, car la terre polynésienne est pleine des entrailles maternelles. Ici, comme dans une grande partie du monde, on enterre le placenta tout près de chez soi, avec les honneurs dus au protecteur.

Aujourd'hui, les femmes vont pour la plupart accoucher à l'hôpital. Rondes et lentes, la peau mate tâchée par la grossesse, elles quittent leur petite île pour une autre plus grande, gagnées par la modernité et sa sécurité. Quelques jours plus tard, elles rentrent chez elles avec le bébé et le placenta, ces deux-là ont un lien surnaturel noué dans leurs ventres, qu'il est dangereux de rompre. Le placenta fera dehors ce qu'il faisait dedans : il protégera l'enfant. On l'enterre donc dans une boîte devant ou à l'intérieur de la maison, en tout cas là où personne ne viendra allumer un feu. La légende dit que si par malheur les flammes s'emparaient du placenta, elles rendraient aveugle toute la maisonnée.

En offrant à la terre le double de l'enfant, on lui demande d'emplir son esprit, de le faire moins timide face à l'immensité, de lui donner un repère. Ainsi il saura d'où il vient. Et s'il doit partir, voyager ou vivre ailleurs, il saura retrouver son chemin.

Là-bas, les mythes affleurent sans se heurter au réel. Alors, perdu au milieu de l'océan, j'ai fini par leur trouver un sens. C'est un peu comme regarder les toiles de Gauguin après avoir fait le voyage, on comprend mieux. Les corps, les odeurs, les couleurs, l'omniprésence des fleurs, la blanche crête des vagues, laissent leurs codes et leurs empreintes. Et je pense aujourd'hui aux atolls de Polynésie comme à autant de placentas posés sur une eau où règne une intense activité sismique.

La terre est pour nous le séjour de la mort, elle est pour bien des peuples aussi celui de la naissance. Il y a chez les Indiens oraîbi en Arizona, un lieu dit la Colline des placentas, dans le Maghreb des arbres sacrés et sexués au pied desquels on enterre le placenta, grenadier pour les filles et figuier pour les garçons. Il existe partout mille légendes et coutumes pour honorer ce double de l'enfant, parfois son frère, parfois sa sœur, toujours enfoui tel un trésor.

Ces rituels me touchent parce qu'ils parlent de protection, mission qui est la mienne. Toute naissance implore de beaux lendemains. En cet instant, les hommes se rejoignent dans la joie comme dans la peur. Nos gestes et leurs rituels sont aux antipodes, mais ils partent d'un même sentiment de fragilité.

Nous nous hâtons de sortir le placenta craignant l'hémorragie ou plus tard l'infection pour la mère, comme ils se hâtent de le mettre à l'abri du sorcier et de ses sortilèges, donnant même une tape à l'enfant afin qu'il pousse un cri pour appeler son « compagnon ».

Nous faisons la même prière que la femme africaine inhumant ses entrailles : « Tu vois, je te rends le placenta, fais en sorte que je puisse faire d'autres enfants, alors je te donnerai d'autres placentas. »

Nous voulons être aussi puissants que l'océan de Polynésie, qui recueille le cordon coupé par le coquillage et promet du souffle à l'enfant.

◎

Dès qu'apparaît l'épaule du bébé, l'infirmière injecte un produit pour que l'utérus se rétracte. Quand l'enfant est presque là tout entier, la femme se redresse, elle veut voir, cherche le premier contact. Elle a enfin au bout des doigts cet être dont elle rêvait. Elle le prend contre elle, s'étend. Son vœu est exaucé. Et son corps, rassemblé dans l'effort quelques minutes plus tôt, est maintenant dissocié. Elle est comme coupée en deux. En haut, sur le visage et la poitrine, la première rencontre, la découverte mutuelle, l'émoi, les sentiments. En bas, subitement déshumanisé, toujours insensibilisé, l'utérus, qui ne porte plus.

Nous aussi, nous nous dispersons. Médecins, sages-femmes, infirmières, anesthésistes, pédiatres, regroupés autour d'elle à l'instant de la naissance, tels des moineaux sur un arbre, partent maintenant dans tous les sens. Le premier cri de l'enfant est comme un coup de tonnerre. Après le rassemblement vient l'éparpillement. Chacun va vers sa tâche.

Je reste tout près de son ventre, pour un corps-à-corps sans enfant, gardien d'une chambre forte vide désormais, et toujours endormie. Parfois, c'est un corps dans corps, le bras à l'intérieur jusqu'au coude, quand l'utérus ne se rétracte pas assez vite. C'est là que doivent renaître sexualité et féminité, qui n'y sont plus. L'enfant y a mis bien du désordre. À nous de rendre la femme aussi belle et prometteuse qu'à son arrivée.

Le placenta et son bout de cordon ne sont plus que chair, fibres et sang, matière précieuse devenue, en un instant, rebut de la création. La mère, ici, le voit rarement, sauf si elle le demande. Ailleurs, elle le prend à pleines mains. Au Niger, c'est même de lui qu'on s'occupe avant de laver le bébé. Il s'appelle « l'ami », « la reine » ou même « la mère » selon les tribus. On le lave, on creuse un trou profond, sur la droite si c'est un garçon, à gauche si c'est une fille. On le dépose dans un pot, avec soin, car s'il se renverse la femme n'accouchera jamais plus. On y ajoute des restes de canaris brisés, du crottin de chèvre, on referme le trou, on verse de l'eau, trois fois si c'est un garçon, quatre si c'est une fille.

Me revient une vieille devise du peuple dogon, entendue il y a longtemps…

La femme qui a enfanté,
Le placenta reste pendant sept semaines à la place où ils se laveront

Il est là comme vivant dans l'eau
Il est comme vivant dans l'eau avec le Nommo.

J'étais chez les Dogons, au Mali, il y a plus de vingt ans, avec un ami, dans la grande plaine au pied de la falaise de Bandiagara. Nous sommes arrivés au village après une marche épuisante, les habitants nous ont offert de la bière fermentée, puis ils ont tué le poulet. À la nuit tombée, nous nous sommes installés à la belle étoile sur le toit d'une case, couvert de paille. Je me rappelle précisément cette nuit-là. La fatigue, l'alcool, la présence si proche de la haute falaise, les odeurs de mil et de condiments montant des greniers sous notre paillasse, tout laissait le sommeil agité et les sens en éveil. Au petit matin, nous avons été réveillés par le crieur de nouvelles qui marchait au loin le long de Bandiagara, laissant à la roche le soin d'amplifier sa parole. Dans cette immensité-là, loin des mers polynésiennes, tout se joue à la verticale, entre le haut et le bas de la falaise. Le corps de celui qui meurt est déposé dans les failles du rocher, au plus près du ciel, où tournoient de grands oiseaux rapaces. Ainsi son âme reste-t-elle au village.

Le placenta de l'enfant qui vient de naître est mis sous terre. Ainsi s'inscrit-il dans l'histoire de ses ancêtres.

Les Dogons croient en un dieu unique, Amma, qui créa la Terre et en fit son épouse. Elle lui donna un fils, Yurugu ou le « Renard pâle », mais c'était un être imparfait. La Terre donna ensuite à Amma un couple d'enfants jumeaux appelés Nommo, ils étaient à la fois mâle et femelle, maîtres de la parole. Cette version de la création a installé le rituel. Le placenta est donc là-bas le jumeau du nouveau-né. Tant qu'il n'est pas sorti, l'accouchement n'est pas terminé, le père pas prévenu, « on a eu l'enfant, on n'a pas eu son petit frère », dit-on. Ensuite le placenta et le cordon ombilical sont mis dans une poterie placée dans la cour de la maison, ils restent là à pourrir doucement sous des tiges de mil. Sur le pot, on pose une pierre plate, qu'on appelle le Nommo, comme les jumeaux originels. C'est là que pendant sept semaines la mère et l'enfant feront leurs ablutions. Si parfois elle l'injurie et crache à terre avec mépris, c'est juste pour duper les esprits. Tout faire pour qu'ils se détournent du petit.

Au Togo, on ne coupe pas le cordon avec un couteau ou un instrument de métal. Plutôt que ces armes mortelles, on choisit une lame de roseau ou un morceau de branche de palmier tranchante. Ensuite l'accoucheuse procède à la cérémonie du pacte entre la mère et l'enfant. Elle pose successivement le morceau de cordon sur le front et la poitrine de la mère et dit : « Enfant, si ta mère t'appelle, répond. Mère, quand tu entendras ton enfant pleurer, hâte-toi d'aller le voir… »

En bien des endroits le cordon est un porte-bonheur qu'on garde à la maison ou dont on fait une amulette. Il est aussi guérisseur. Dans certaines îles d'Indonésie, on le met de côté et on le sort en cas de fortes fièvres. En Égypte, on le jetait dans l'eau du Nil, et si l'enfant se blessait, on y lavait sa plaie, en pensant qu'elle cicatriserait plus rapidement.

Ces gestes ont traversé les siècles, ils disent que l'avenir de l'homme peut dépendre de signes inscrits dans ce qui l'enveloppa et le protégea avant de voir le jour. La tradition cachait une juste intuition : la science se penche aujourd'hui sur les cellules-souches, notamment celles qu'on recueille dans le sang du cordon relié au placenta. La nouvelle frontière de la médecine est là. On appelle cellule-souche celle qui est encore indifférenciée. Si on l'ensemence, elle peut donner naissance à toute une lignée de cellules et de tous types : sanguines, musculaires ou nerveuses. C'est la base de la médicine régénérative, qui cherche à recoloniser un organe ou tissu malade par des cellules saines. La greffe de cellules-souches contenues dans le sang de cordon constituerait une alternative à la greffe de mœlle osseuse et semble prometteuse contre certains types de leucémies et quelques maladies génétiques. La réalité de la médecine rejoint la légende et les rites.

Avec une certaine désinvolture, pendant longtemps, nous avons jeté le placenta sitôt la naissance faite. Expédié vers l'industrie cosmétique, il devenait rouge à lèvres. Il avait pendant neuf mois repoussé les cellules dangereuses pour le fœtus, fabriqué des hormones indispensables au bon développement de la grossesse, suppléé surtout à certains organes du bébé déjà en place, mais encore incapables d'assumer pleinement leurs fonctions, comme les poumons, les intestins et les reins. Il avait permis à l'oxygène d'entrer et au gaz carbonique de sortir. Il était le bouclier d'une vie invisible, et notre monde moderne et pressé se dépêchait de s'en débarrasser.

Il y eut, dans une lointaine histoire française, des rites d'enfouissement du placenta, en Alsace notamment. Il n'en reste rien. Qui voudrait perpétuer ici sa coutume ne trouverait plus de terre pour abriter ce souvenir sacré. Les Manouches dans leurs caravanes y ont renoncé progressivement face à l'avancée du béton. Les femmes immigrées sortent de nos maternités, inquiètes pour le « frère » de leur enfant. Elles pourraient demander à le garder, mais elles ne le savent pas ou n'osent pas.

Le placenta pourrait-il devenir sacré par le biais de

la technique ? Allons-nous en déposer un échantillon à chaque naissance dans des banques, à l'instar du prince Felipe de Bourbon, héritier du trône d'Espagne ? Lui a confié des cellules-souches de sa fille à une entreprise américaine spécialisée dans la conservation, mais aussi à une banque publique. Il a mis de côté pour elle et pour d'autres. En France, la loi l'autorise quand un diagnostic familial signale un risque de maladie grave. À l'étranger, chacun peut le faire à sa guise, sans raison médicale. Je ne crois pas qu'il faille aller jusque-là. On voit déjà fleurir sur le dos de la peur et de la maladie des banques d'un nouveau genre, avec frigos plutôt que coffres-forts.

Les Mayas du Guatemala, persuadés du pouvoir de cette chose sanguinolente et visqueuse, préféraient, eux, la brûler pour éloigner les forces obscures. Mais si le nouveau-né était souffrant, ils gardaient son placenta et le plaçaient tout contre lui pour le réchauffer.

Nous devrions faire preuve de la même sagesse. Prélever là où le risque est déclaré. Et offrir, par le biais de grandes banques publiques de cellules-souches, les mêmes chances de soins à tous. Des cellules conservées ne serviront pas forcément à la famille qui les a déposées. Elles doivent alors bénéficier à d'autres, inconnus mais compatibles. Du Guatemala, je glisse en pensée vers le Brésil, et ses favelas, emplies d'enfants pauvres aux tares génétiques et physiques lourdes. Ils errent, se lovent dans les recoins et les poubelles des villes opulentes et modernes. Je n'oublie pas ce jour, où, là-bas, je suis entré dans un bar : je m'accoude au comptoir, quand je sens quelque chose bouger et frôler mes genoux. Il y avait là un enfant un peu débile, replié comme un fœtus, et dont le destin était de ne pas avoir d'avenir.

Le nouveau-né peut sauver l'enfant qu'il sera, ou un tout autre que lui. Bébé docteur… si j'ose dire. Nous y sommes déjà.

Quand aux États-Unis, un petit garçon, Nash, fut conçu pour guérir sa sœur très malade, Molly, j'étais, comme beaucoup, perplexe. Nous venions alors en France d'arracher le décret autorisant le diagnostic préimplantatoire que déjà ses extensions fleurissaient à l'étranger.

Le diagnostic préimplantatoire (DPI) est un ensemble de techniques permettant de connaître précocement les caractéristiques génétiques d'un embryon, quand la fécondation a été réalisée in vitro. Nous pouvons grâce à lui sélectionner un embryon pour qu'il soit implanté dans le corps de la mère, tout en nous assurant qu'il est exempt d'une affection génétique ou d'une anomalie chromosomique. Nash fut un embryon sélectionné parce qu'il était compatible avec sa sœur. Sitôt né, on a isolé de son cordon placentaire les cellules-souches qu'il contient et on les a injectées à Molly. Elle a guéri. On a dit le petit frère « chosifié », j'ai partagé ces doutes. Puis j'ai changé d'avis en recevant les premiers couples qui me demandaient d'agir. Je suis alors rentré dans l'intimité d'une famille où un enfant était en train de dépérir.

Je sais bien que la compassion seule ne peut construire la pensée, que les enjeux d'un tel débat débordent largement la douleur de chacun. Mais qui peut laisser croire que l'on ne fait un enfant que pour l'enfant ? Dans la plus simple des histoires, on projette toujours de soi, de son image, de sa stabilité, de son couple, de ses aspirations, on attend de lui, beaucoup, surtout du premier. J'ai moi-même été conçu en 1942, parce que la rumeur prétendait qu'on ne déportait pas les femmes juives enceintes. Je ne sais si ce rôle de protecteur décida de mon métier à venir, mais je sais que tout enfant vient au monde avec une place particulière.

Nous débutons. Les questions sont nouvelles. Une femme m'a dit l'autre jour : « Mais imaginez ma réaction s'il n'est pas compatible… » J'ai aimé sa franchise. Il sera compatible parce que la science le permet. Nous l'aurons choisi dans nos éprouvettes. Nous y verrons ses cellules, mais pas son avenir. Bientôt, chez nous, des enfants vont naître, qui sauveront un frère ou une sœur. Le Comité d'éthique, auquel j'ai appartenu, nous demande de vérifier que l'enfant est voulu pour lui-même. Saurais-je le faire ? Pour m'être posté là où l'annonce tarde et le désir grandit, je sais qu'un enfant vient toujours rassurer ceux qui l'attendent.

V

L'enfant endormi

Partir en Afrique combattre la stérilité peut paraître absurde. Plutôt refermer le couvercle, ne pas ajouter d'enfants sur le continent de tous les drames.

La conférence avait lieu à Arusha, au nord de la Tanzanie. Il y avait là beaucoup de médecins africains, indiens, égyptiens. Nous étions dans un bâtiment de bois aux fenêtres ouvertes, la chaleur était étouffante. Nous manipulions des chiffres accablants. Par la fenêtre, derrière les arbres, je devinais le mont Meru et le passage de quelques animaux. Des femmes parlaient, racontaient. « Tu n'es pas une femme ici, pas même un être humain si tu ne peux pas avoir d'enfant. » D'une Afrique compacte, tragique et chiffrée, nous passions aux Africaines, au désir et au sort de chacune d'elles. Dehors, l'ombre du Kilimandjaro me parut plus grande encore. Son sommet aux neiges éternelles si loin des plaines chaudes semblait souligner l'isolement de celles dont la nature a gelé le corps, et dont la croyance populaire dit qu'elles ont attrapé le froid à l'intérieur. Plus elles parlaient, plus le bruit, les parfums, la végétation de cette terre pleine d'enfants m'envahissaient. Ce n'est pas très loin de là que l'explorateur Louis Leakey découvrit au siècle dernier les squelettes de très anciens hominidés qui permirent de reconstituer une grande partie de l'arbre généalogique de notre espèce.

C'est là, à Arusha, que se juge au tribunal pénal international le génocide du Rwanda.

L'impression grandissait en moi d'être dans le berceau du monde. Plus question alors de refermer le couvercle. Juste envie de saisir un bâton de pèlerin.

◎

Là-bas, le mal vient des femmes. Il ne peut être question de stérilité masculine. Il suffit de regarder la statuaire africaine tant inspirée par la mère à l'enfant : jamais visages et gestes ne traduisent le lien affectif entre eux, alors qu'ils vivront accrochés l'un à l'autre des années après sa naissance. La statue dit la fécondité des femmes et de la terre, elle dit le sacré. Elle dit l'histoire de tous, sans reconnaître l'histoire de chacune. Elle dit son devoir et rarement son plaisir. Cette femme est de bois. Du bois dont on l'a faite. Comme toute femme là-bas qui est née pour procréer. Esprits des ancêtres et malins jouent avec son corps et sculptent son destin, ils la fécondent ou bien la punissent en laissant son ventre vide.

Lorsque rien ne survient dans l'année qui suit le mariage, le mari et la belle-famille voient le mauvais œil dans l'inféconde. Tout le clan se sent alors concerné, remue vieilles histoires et vieux conflits et exerce une insupportable pression sur la femme. Si la polygamie est de mise, une nouvelle épouse comblera les lacunes de la précédente, laquelle vaquera aux taches domestiques et s'occupera des enfants des autres, sans jamais s'en aller, car une femme stérile ne se remarie pas. Sinon, la répudiation est possible. « Je te répudie » prononcé trois fois par le mari peut suffire. La femme s'en retourne chez les siens.

On dira au Mali qu'elle a été infidèle, que la semence des autres hommes neutralise celle de son mari. Elle est accusée de rompre la filiation et donc la pérennité de la tribu. Elle a l'utérus vide, elle n'est pas une femme. *Rahîm*, dit l'homme du Maghreb, pour désigner son épouse légitime, ce qui, littéralement, veut dire « mon utérus » *(rahm)*. Les mots ligotent. La tradition décrète : « Le silence utérin est la voix du diable. » Le mal ne rôde plus autour du corps, il est à l'intérieur. Alors nul ne défend ou n'entoure la femme stérile : c'est un rebut. Elle est dite *âquera* : ni musulmane, ni juive, ni chrétienne, elle n'appartient plus à aucune religion.

Les femmes musulmanes trouvèrent une fragile parade pour éviter le bannissement : l'enfant endormi. Il est là mais pas décidé à sortir. Et, au creux de leurs rêves, il peut dormir longtemps. Si longtemps parfois, couvé par le secret féminin, qu'un décret signé par Nasser lui-même étala la durée maximale de la grossesse à deux ans ! L'État était forcé d'admettre le mensonge pour l'encadrer. La stérilité reste innommable. Elle injurie Dieu et les hommes.

◎

J'ai plaidé lors de cette conférence pour une maison médicale de la femme, un endroit gratuit qui la protège à toutes les étapes de sa vie, lui offre soins, contraception, une information concrète sur les risques du sida, un suivi de grossesse et un traitement contre la stérilité. Il faut faire comprendre que la femme stérile n'est pas malade. Elle est une actrice de l'avenir, elle doit apprendre à surveiller son hygiène, sa nourriture, son environnement, comme celle qui est enceinte. Il faut éveiller les consciences et parler enfin de la santé des femmes. Avec des gestes simples, on pourrait faire baisser le taux de mortalité en couches et celui des femmes sans enfants.

Il existe quelques centres privés de fécondation in vitro en Afrique, mais leurs tarifs sont élevés et ne permettent qu'à une classe privilégiée d'y avoir accès. Restent aux autres les recommandations de marabouts jamais gratuits qui abusent souvent de leur position et les remèdes d'une médecine traditionnelle, « mets salutaires » que les époux mangeront le dernier jour des règles, fumigations pour déboucher les voies, « émanations magiques », tissus imbibés de sel ou de sucre placés dans le vagin, offrandes aux temples, à la nature…

Certains doux penseurs parlent de traitements à prix cassés. Je n'ai pas envie de tout occidentaliser, que nous arrivions avec notre panoplie technologique pour sauver quelques femmes du mauvais sort, sans regarder ce qu'il se passe autour. S'occuper de stérilité, c'est s'occuper des femmes et ouvrir la porte aux autres médecines. Car lorsqu'elles viennent vers les consultations gynécologiques, les femmes des pays pauvres réclament un miracle au sorcier en blanc puis s'en repartent vers d'autres croyances.

◎

Ce mot – miracle – est peut-être le seul qui les lie à vous, femme d'ici, que je vois, épuisée après huit tentatives de fécondations in vitro, ou éblouie par un enfant auquel vous n'osiez plus croire. Ici aussi, la tentation du miracle est forte, même si la prière s'adresse à la médecine plus souvent qu'aux Dieux. Vous êtes si loin, les unes des autres.

De haute lutte, la femme occidentale a conquis le droit à l'utérus vide. « Si je veux, quand je veux. » C'est la pierre angulaire de son émancipation, comme c'est ailleurs celle de la soumission. Il n'y a pour elle pas de voie toute tracée. Elle doit dessiner son chemin, faire face à son désir qui ne lui dit rien de sûr. Lorsque je la rencontre, elle n'a plus vingt ans, elle a attendu, vécu, et son corps aussi. Il n'obéit pas à ce qu'elle lui commande. Pourquoi l'ovaire s'arrête-t-il de fonctionner alors que ce n'est le cas d'aucun autre organe ? Nous ne le savons pas. Les recherches sur le sujet permettront peut-être de prolonger son fonctionnement, d'étirer un peu cette quarantaine d'aujourd'hui qui ressemble à la trentaine d'hier, cette féminité qui s'étend malgré l'âge.

Là-bas tout se joue très vite : la femme n'a de statut que si elle est mère. Ici, elle n'a de statut que si elle construit autre chose que la maternité.

C'est pourquoi elle a repoussé, hésité, jonglé avec la grossesse et la liberté, puis subitement elle a basculé. Elle a quarante ans. Le temps presse, le désir la ronge et l'obsède. Elle est prête à endurer beaucoup. Elle est dans la pleine maturité de sa volonté. Mais son corps peine, et la peur la gagne. On lui fait trop souvent croire qu'il faut prévoir des complications étant donné son âge. C'est faux. Les statistiques le prouvent. Il n'y a pas plus de risques pour une grossesse après quarante ans. Mais ici encore, on punit les femmes pour leur audace.

Le traitement de la stérilité n'a pas de limites, il est important de les créer. Un couple doit savoir s'arrêter quand ça ne marche pas, quand le corps fatigue. Un médecin doit rester à sa place. Il n'est pas au chevet d'une malade, il est l'allié d'une femme qui attend et se met à attendre avec elle.

Parfois le diagnostic est difficile : être deux, être prêts ne suffit pas, il faut recourir au don d'ovocyte ou au don de sperme. Le premier est mieux accepté que le second. Comme si l'échange de femme à femme était de toutes les façons plus simple. Il y a entre elles un miroir, un lien, un dédoublement qu'elles connaissent en amitié, ou entre mère et fille. La naissance reste une affaire de femmes, à l'intérieur des femmes. On s'y entraide par la magie de la chimie, comme dans certains pays on enfile la tenue de celle dont l'accouchement s'est bien passé, ou l'on boit l'eau dans la paume de celle qui a des enfants en bonne santé. Et puis la grossesse s'installe, le corps change et participe, il efface le présupposé génétique, il dit qui est la mère : celle qui accouchera.

Le don de sperme est plus compliqué. Le père n'a rien d'autre que sa semence à donner pour un enfant, alors s'il faut celle d'un autre, il ne sait comment combler son absence. Dans l'imaginaire du couple, un autre homme s'installe. Aux parents qui doutent de ce mode de filiation, je conseille souvent de lire les pages faits divers des journaux. Elles sont la preuve que le même sang ne garantit pas la pureté des sentiments et des actes.

Ce serait si simple si le désir et la science conjugués au fond d'une éprouvette servaient simplement le bonheur des hommes. C'est oublier les hommes, justement, et leur tentation permanente de la toute-puissance.

La technique aujourd'hui peut servir le plus vieux et

le plus sordide des réflexes de l'humanité : fêter le fils et pleurer la petite fille. Le sexe de l'enfant est maintenant visible dès le diagnostic préimplantatoire. Les États-Unis pratiquent même le *sex balancing* : l'ovule sous le microscope, on peut voir le noyau qui contient vingt-trois chromosomes et, posé en périphérie, petit cercle sur le grand, le globule polaire, sorte de double, de concentré contenant toutes les informations des mêmes vingt-trois chromosomes. Là on peut lire le sexe de l'ange. Ce n'est plus une prédiction, c'est une certitude au sujet d'un être pas encore né. L'Europe, pour l'heure, s'y refuse. Mais ailleurs, c'est parti. La Chine recense des centaines de centres de fécondation in vitro. Ils permettent de contourner la loi de l'enfant unique imposée au couple urbain. Pour des milliers de dollars, on peut espérer en une fois jumeaux, voire triplés. Ils permettent aussi de faire son choix. C'est pourquoi ils fleurissent là comme dans certains pays musulmans. Ce qui les intéresse, c'est de faire le tri : plutôt XY que XX.

Que n'a-t-on imaginé, depuis la nuit des temps, pour peser sur le sexe de son enfant ? Bien des croyances affirment qu'il faut que l'essence mâle domine sur celle de la femme lors du coït, pour que ce soit un garçon.

Alors, dit le Viêtnam, mieux vaut que cela se passe aux premiers jours du cycle quand le sang de la femme est le moins présent.

Alors, croit la femme souto en Afrique, il faut se coucher sur le côté droit après les rapports sexuels, la gauche favorise les filles.

Et l'idée traîne encore dans les laboratoires de fécondation in vitro qu'il faudrait choisir un beau spermatozoïde, car Y serait plus lourd que X !

La peur est si grande qu'elle court tout au long de la

grossesse. Il existe des plantes et des incantations au petit garçon. Mais aussi un régime draconien prescrit dans un grand hôpital parisien pour prétendre à l'héritier. Les Inuits craignent même qu'un ultime changement ne se fasse au dernier moment, le pénis pouvant se fendre et transformer le garçon en fille. Alors, lors de l'accouchement, la sage-femme tire dessus pour qu'il ne se résorbe pas.

Cela me rappelle cette façon qu'avaient les médecins de dire « c'est un garçon » tout en écrivant sur le dossier : « c'est une fille ». Ainsi leur marge d'erreur était nulle, et leur aura intacte. De la cartomancienne à l'inséminateur, du Nord au Sud, tout a été tenté au nom du fils. Un enfant peut même porter sur lui le regret éternel de ses parents. À Taïwan, quand une petite fille naît après d'autres petites filles, on l'appelle « dernière fille ».

Étrange planète traversée par de vieux fantasmes et par la science qui voyage. Tout ce que l'on a fait peut donc être détourné de son but. Nous étions partis de la douleur, du manque. Mais l'éprouvette n'est qu'un objet, elle peut servir les pouvoirs comme les désirs. Là-bas, dans des laboratoires conformes aux nôtres, la malédiction poursuit petites filles et femmes. Ici, on voit poindre la tentation de congeler à vingt-cinq ans ses jeunes ovocytes en attendant le désir d'enfant. Ainsi, une femme de quarante ans retrouve intact le patrimoine de sa jeunesse le jour où elle se décide à être mère. Elle tient tête au temps qui passe, elle fait ce qu'elle veut de son corps, même un placement.

La naissance est une force contradictoire. Qui, dans le même temps, bouleverse et perpétue le monde. Certains veillent à ce que tout reste en ordre. J'appartiens à ceux qui aiment les bouleversements. La bataille est loin d'être terminée.

VI

◎

Entre deux mondes

Vient l'après… Étrange lendemain.

Lorsque je passe dans votre chambre, à une heure où les couloirs de la maternité s'apaisent, jamais je ne vous trouve endormie. Vous flottez sur le lit dans une lumière tombante. Parfois vous fermez les yeux. Vous vous efforcez de croire que vous ne rêvez pas.

L'accouchement fut une épreuve physique, une autre commence, plus trouble, plus longue et définitive.

Moi, je m'efface. Je suis un homme de passage. Cela me convient. C'est même apaisant de savoir qu'il y a un terme à notre histoire.

Souvent elle fut longue. Pour vous, la grossesse tant attendue ne sera finalement qu'une étape. Pour moi, c'est une boucle, pas une de ces répétitions sans début ni fin, non, une boucle qui s'enroule, serpente et grimpe, comme le bracelet autour du bras de l'Africaine. Je vois une colonne, un tourbillon où le temps passe, où se niche une histoire, qui ensuite s'éloigne et se referme. C'est étrange car lorsque j'avais douze ans, s'il fallait représenter la vie, c'était déjà ça que je dessinais : quelque chose d'hélicoïdal en ascension permanente, un espace ouvert dont la force centrifuge vous rattrapait. Ma boucle a la forme et la puissance de la tornade.

◎

Le tableau féminin est aujourd'hui de plus en plus morcelé. Toutes sont bouleversées, fatiguées mais aucune ne se ressemble.

Je vois des femmes à fort tempérament qui se suffisent à elles-mêmes, j'en vois des perdues, déjà menues dans les draps jaunes de l'Assistance publique tandis que défilent dans leur chambre l'aide-soignante, l'infirmière, la sage-femme, l'état civil, le médecin, le pédiatre, l'interne… Tout va si vite. J'en vois de plus en plus qui sont seules avec l'enfant. C'est choisi, ou subi. C'est comme ça, semble dire leur regard. Je vois que dans une autre chambre, le congé paternité s'installe, véritable deuxième acte après l'entrée du père en salle d'accouchement. Le voici devenu acteur. Je vois passer autour d'un lit des parentés additionnelles, demi-frères et sœurs, dont on ne sait plus trop qui est qui. Après s'être effilochée, la famille devient tribu. Mais nous n'avons rien pour l'accueillir. La chambre est trop petite. S'il existait une pièce à l'étage pour que tous s'y retrouvent, que la mère et l'enfant les y rejoignent, ce serait déjà beaucoup, et pourtant la moindre des choses.

Au Tchad, depuis les fenêtres du dispensaire de Médecins sans frontières, je regardais par la fenêtre les sœurs, les tantes, les cousines qui faisaient la tambouille sous les arbres. Comme partout en Afrique, quand l'accouchement est terminé, la nouvelle se propage vite, car là-bas on va à pied sur les chemins, on se croise, on se salue, on raconte la famille. Au Togo, chaque personne qui l'apprend dit « tamtam », cela veut dire qu'il participe à la joie générale.

La mère, toujours recluse, est complimentée de loin, de quelques formules consacrées :

To vu na wo : « l'oreille s'est ouverte à toi » (car la douleur de l'enfantement la lui avait bouchée).

Efe lame afa azo : « l'intérieur de son corps sera frais » (son moral sera apaisé).

Edo go tso me azo : « elle en est délivrée » (de son enfant et de ses douleurs).

Là-bas, les premiers mots ou les premiers gestes adressés à l'enfant ne viennent pas forcément des proches. La parenté est large et il en sera ainsi toute la vie.

Dans le sud de l'Algérie, l'accoucheuse murmure à l'oreille de l'enfant la liste des grands dangers dont il doit être averti, comme la tempête ou le scorpion. Elle commence souvent sa litanie ainsi : « Le maître a engendré le ciel, le jour avec le soleil, la nuit avec les étoiles, la lune, la pluie... » Elle parle aussi longtemps qu'elle le peut, car tout ce qui n'aura pas été mentionné sera dangereux pour l'enfant.

Chez les Soussous de Guinée, le poète, maître des mots, mâche une noix de kola et recrache le tout dans la bouche du nourrisson, paré ainsi de futurs dons oratoires.

En Asie, l'heure précise de la naissance est notée, très vite on consulte un astrologue, il annonce les grands moments de la vie qui vient d'éclore.

Ici aussi, on est attentif à l'heure, on la dit fort et on l'écrit à la seconde près. C'est un ancrage dans la réalité. De la date, découle un signe astral, donc un tempérament. Y croyez-vous vraiment ? Qu'importe. Quelque chose en nous cherche encore à provoquer le destin, à jouer avec lui, tandis qu'ailleurs, de façon solennelle, l'enfant est inscrit dans les traditions, le paysage et les astres.

Combien de temps avant de voir le soleil ? D'un bout à l'autre du monde, la tradition est d'emmener progressivement l'enfant vers la lumière du jour. Au passage de l'accouchement suit un autre passage, un moment intermédiaire : la mère et l'enfant restent ensemble, protégés, voire reclus. Ils sont fragiles. En Afrique, en attendant la cérémonie de l'intégration officielle dans la communauté, on noue un fil noir et protecteur autour des poignets et chevilles du bébé. Ici, le bracelet plastifié bleu ou rose n'a rien d'une amulette mais il sera précieusement rangé, empreinte d'une main minuscule et souvenir de l'entre-deux-mondes.

Le séjour à la maternité va diminuant, il ne dure plus que trois à quatre jours. C'est court, cela nous oblige à partager plus vite avec la mère les responsabilités et les gestes. Elle en sera moins désemparée lorsqu'elle rentrera chez elle. Mais il faut éviter que l'institution n'impose son rythme et ses contraintes financières, elle doit s'adapter. Car la jeune mère hésitante ne ressemble évidemment pas à celle qui accueille son troisième enfant.

En tout cas femme moderne doit se relever vite.

Au Sud c'est tout l'inverse : elle travaille dur, pile la farine, porte l'eau jusqu'au dernier jour, ensuite elle a ordre de ne plus bouger. Le temps de repos y est beaucoup plus long, à la mesure des angoisses et des craintes encore suscitées par les forces obscures qui entourent la naissance, à la mesure aussi d'une mortalité des enfants et des mères toujours très élevée.

Le sang coule toujours. La mort rôde encore. La femme est dite impure. Encore une fois, on protège autant qu'on se protège. Les interdits la poursuivent au gré des continents : ne pas rentrer dans les églises, ne pas toucher les aliments destinés à la famille, ne pas avoir de relations sexuelles… On lui prodigue dans le même temps aide, gestes, soins et nourriture. Une assemblée de femmes se relaie à ses côtés, fait sa toilette à l'eau chaude, lui prépare des décoctions, lui fait des massages abdominaux et parfois lui bande le ventre. Un seul but : chasser « le mauvais sang ».

Il faut quarante jours pour que la femme qui a accouché ne soit plus impure, disent les Tziganes.

Il faut quarante jours pour que la mort s'éloigne, dit l'Algérie, qui la nourrit d'œufs, de miel, d'huile et de beurre, et consolide ainsi son corps.

Il faut quarante jours, dit notre médecine, pour éloigner la mortalité maternelle. Tout accident médical qui survient pendant ce délai est inclus dans la période de maternité.

Quarante jours est un chiffre magique et universel. Sorte de délai officiel fixé à tout passage par les Écritures. C'est le temps qui court d'une étape à une autre.

Il fallut quarante jours à Jésus dans le désert, comme à Moïse sur le mont Sinaï.

Il faut quarante jours, dit le Talmud, pour que l'embryon soit autre chose que de l'eau, pour qu'il ait une âme.

Il faut quarante jours, dit le Coran, pour qu'il adhère à la paroi du ventre de sa mère.

Quarante jours dessinent la mise en quarantaine d'une mère.

◎

Elle allaite. Un deuxième orage s'abat sur son corps

en un endroit jusque-là resté calme. Il peut être violent. Il peut lui faire très mal comme il peut l'épanouir. Ici comme ailleurs, les femmes se transmettent alors beaucoup de leurs expériences. Rares sont celles sur la planète qui ont le choix. La misère et la tradition mettent l'enfant au sein. C'est l'assurance d'avoir quelque chose à lui donner à manger et c'est ainsi que femme nubile devient mère. Elle doit prolonger un corps-à-corps intérieur et nourrir l'enfant dès qu'il pleure. L'Afrique croit qu'il est encore entre deux mondes, qu'il pourrait retourner là d'où il vient s'il ne se sent pas assez aimé et écouté.

Croyances et présages ont évidemment rendez-vous autour de cette substance nourrissante, pure puisque blanche. Et tandis qu'ici nous poussons à la mise au sein précoce car les premiers écoulements de colostrum sont particulièrement riches et bénéfiques, certaines ethnies africaines retardent l'allaitement. Elles ne veulent pas se fier au colostrum, il n'a pas la teinte requise, il est jugé dangereux, alors mieux vaut nourrir l'enfant de lait de vache et de chèvre, et laver les seins de la mère, jusqu'à ce que le lait en sorte. En Turquie, lors de la première tétée, on prend soin de réciter quelques versets du Coran.

Pureté du lait, de la femme, de l'enfance… Vieille croisade. Chez nous, il y a à peine plus d'un siècle, lorsqu'une nourrice prenait le relais, il lui était formellement défendu d'avoir des rapports sexuels car si elle tombait enceinte, on disait qu'un des enfants sucerait le pied de l'autre.

Il est d'autres nourrices, d'autres tableaux, plus contrastés. Frida Kahlo a peint en 1937 *Ma nourrice et moi*. Toutes deux, femme au masque sombre et petite fille au visage d'adulte, ont le regard détaché, tandis qu'un sein lumineux s'écoule dans la bouche de l'enfant. Le ciel est chargé. Il pleut. Il y a, sur cette toile, la magie et les ressources du corps, mais pas d'étreinte ni d'émotion automatique. Ainsi l'a voulu la peintre sans enfant.

Et vous, que ferez-vous ?

Ici l'allaitement a repris. Deux tiers des femmes y consacrent un court moment, deux mois en moyenne. Au troisième, elles reprennent le travail. C'est le compromis qu'elles passent avec leur corps, leur enfant, leurs projets. On est loin des vingt mois de l'Afrique, des trente mois de l'Asie. Loin de ces terres où la marge du désir est faible et le rituel très fort. Mais je sens bien la fébrilité de celle qui a le choix. Elle se voudrait parfaite, comblée par la chaleur d'une joue rebondie contre son sein. La montée de lait est douloureuse pourtant, l'impossibilité de mesurer ce que l'enfant a bu angoissante... Pourquoi pleure-t-il ? A-t-il eu assez à manger ? Combien de fois cette nuit ? Partout la mère se veut la sentinelle.

◎

Vient là-bas la cérémonie des relevailles. C'est une nouvelle naissance, le passage du monde cosmique à celui des hommes. La fête mêle tout : les ancêtres, le ciel, Dieu, le clan, le nom.

Au Togo, elle s'appelle Videto, cela veut dire : sortir le fils dehors. Il s'est écoulé au moins huit jours depuis la naissance. La mère d'abord reste à l'intérieur. L'enfant est habillé de neuf, porté par une tante, accueilli à sa sortie par des mots de bienvenue et présenté au soleil. Le geste est répété sept fois, l'enfant rentre et ressort. À la dernière sortie, le plus âgé de la famille prend un peu d'eau dans une calebasse et la verse dans la bouche de l'enfant, puis il jette le reste sur le toit familial. Le bébé, placé sur le sol, reçoit l'eau qui s'écoule.

On entend des invocations : « Ancêtres, nous vous remercions, Grand-mère, nous vous remercions, nous étions dans l'inquiétude lors de cette grossesse, l'enfant est arrivé en bonne santé. À présent il est venu d'une main et nous autres nous l'accueillons de nos deux mains… »

On entend des prières : « Que la crainte de Dieu t'anime. » Et aussi quelques beaux conseils : *Abu ame voa mu gba si ame o*, « il faut respecter les gens mais ne pas les craindre ».

Ces mots soufflés à l'oreille de l'enfant que deviennent-ils ensuite ? Quelle trace laissent-ils ? À regarder tourner le monde, on dirait qu'ils s'effacent. L'homme oublie trop vite l'enfant qu'il était.

L'enfant n'est pas toujours tel qu'on l'attendait. Il est parfois même à tout jamais différent. Notre arsenal médical réduit le risque mais sans l'abolir, nous ne sommes pas à l'abri. L'échographie n'est qu'une image reconstruite à partir de plusieurs plans de coupe. Et il est des mutations de maladies génétiques que nous ne savons pas diagnostiquer.

Je peine à raconter ces naissances, ce moment où la lumière du jour révèle un enfant si contraire. Ce qui atteint les parents ce jour-là, ils arrivent rarement à le dire, même longtemps après, je n'ai pas plus de mots qu'eux. Je partage ce besoin qu'ils ont de ne rien fixer, d'échapper à cet instant, de laisser filer le temps, de laisser passer des semaines, des mois, pour enfin raconter le sourire et les progrès de l'enfant.

Il me revient pourtant ce jour-là de parler, de leur dire ce qui ne va pas, et ce que l'on ne sait pas réparer. C'est une autre annonce, si loin de la première. Parfois, nous n'avons qu'un doute, rien n'est visible à l'œil nu. Il faut vingt-quatre heures pour poser un diagnostic. Que faire alors ? Ne rien dire et ruiner ensuite tous les rêves qu'on empile en une première journée ? Dire et installer pour toujours le doute, même si les examens assurent finalement qu'il n'y a rien ? Je ne suis pas sûr d'avoir la réponse. J'opte pour le silence. Tant que rien n'est avéré je garde le doute pour moi. Et je préfère toujours la suite au début. Elle n'est jamais légère, mais belle. Le possible refait surface. Le sentiment maternel y révèle toute sa puissance.

On dit en Afrique lorsque naissent des jumeaux que le premier-né est envoyé par l'autre pour voir si cela vaut la peine d'entrer dans la vie. Ils savent bien, les jumeaux, qu'il est des terres et des familles plus accueillantes que d'autres. Selon l'endroit où ils naissent, ils seront dieux ou démons… Ici, lorsque l'échographie les révèle, ils sont source de joie ou d'angoisse.

Dans bien des récits africains de la création, les êtres mythiques, à commencer par le ciel et la terre, sont des jumeaux. Au Nigeria, au Togo comme au Mali, ils sont donc l'objet d'un véritable culte, on voit en leur naissance une bénédiction des dieux, un temps fort de la création. On est sûr qu'ils partagent une même âme. Et si l'un d'eux meurt, on craint qu'il ne fasse signe à l'autre de le rejoindre. Les parents font alors tout pour garder le survivant tout près d'eux, ils ont peur qu'il ne s'éloigne et que son double ne l'appelle. La peur est si grande que les Yoruba du Nigeria commandent au sculpteur une petite figurine de vingt-cinq centimètres qui remplacera le disparu. Elle devient réceptacle de l'âme commune et assure ainsi qu'ils ne sont pas séparés. On peut voir la mère bercer la statuette ou le jumeau vivant la glisser dans sa poche.

Mais dans d'autres régions du continent, ils sont en revanche perçus comme l'œuvre d'un esprit maléfique. Naguère on les tuait à la naissance. Puis on les considéra comme des êtres capricieux dont il valait mieux réaliser les désirs sans tarder. Ils laissent dans l'histoire et les légendes, le souvenir de guerres où deux frères se déchirent et tuent pour un royaume.

La venue au monde brise le rêve autant qu'elle le réalise. Le traité Nida du Talmud nous dit que le fœtus dans le ventre de sa mère a une lumière sur la tête. Grâce à cette lumière, il peut voir du début jusqu'à la fin du monde, et toute la Torah lui est enseignée. Mais au moment de la naissance, vient un ange qui lui touche les lèvres et lui fait oublier toute la Torah. L'empreinte de son passage est la petite rigole qui descend du nez vers la bouche. Cette affirmation talmudique laisse entendre que celui qui naît doit reconquérir ce qu'il a perdu en chemin, il doit marcher vers la connaissance.

D'abord il lui faut un nom.

Il y a des parents qui savent, depuis longtemps.

Il y a ceux qui veulent regarder l'enfant, s'imprégner de ce visage désormais réel pour s'assurer de leur choix.

Il y a ceux qui ont du mal à s'entendre. Ceux qui aiment être au diapason des modes, ceux qui les fuient. Ceux qui ont tellement attendu qu'ils le baptisent d'un cri : Victoire.

Ici l'état civil donne trois jours, ailleurs s'écoule le temps plus long des relevailles, c'est alors que vient le nom. Le processus semble toujours le même. D'abord l'enfant est individualisé par un prénom, ensuite introduit dans la lignée. C'est parfois toute une histoire qui s'écrit…

Les Ashkénazes ajouteront toujours le prénom d'un aïeul décédé, les Sépharades celui d'un aïeul vivant. En Afrique, les variations sont nombreuses, le nom de l'enfant témoigne de sa place dans la fratrie, de sa descendance, des ressemblances physiques ou psychiques avec un parent, de sa religion, et aussi des circonstances de la grossesse et de sa naissance. Le prénom peut dire s'il est né dans la brousse, sur le chemin du dispensaire, s'il est né par le siège, ou avec le cordon ombilical autour du cou. Il est «pas d'histoires» s'il naît au milieu de conflits familiaux, «la mort exagère» si la mère a déjà perdu plusieurs enfants, «grosses joues» s'il est dodu, ou «os rasé» s'il est chauve. J'ai ainsi vu repartir vers l'Afrique des bébés-éprouvette africains, baptisés René en deuxième prénom, voire en premier. Ce prénom qui est le mien vogue ainsi, en souvenir de nos espoirs communs, il est un peu vieillot, certes, mais il se découpe en un Re-né qui m'amuse assez.

Je suis le parrain de plusieurs enfants. J'ai dit oui quand l'histoire fut si particulière qu'elle nous lia. Il y a parmi mes filleuls, dont je reçois régulièrement des nouvelles, des petits Africains, petits Chinois ou Sud-Américains, des enfants nés grands prématurés aussi. Je sais tout de leurs étapes grâce au courrier des fêtes et des anniversaires. Des autres, je reçois aussi des nouvelles, je range les lettres et les photos dans une malle en osier que je laisse à la campagne, je garde tout. Je suis invité à bien des baptêmes et des cérémonies, auxquels je ne peux aller autrement qu'en pensée.

Longtemps, lorsqu'on me le demandait, j'ai pratiqué la circoncision. Cela se passait comme le veut la tradition, au petit matin, le huitième jour après la naissance, mais en salle de travail. J'avais un appareil américain, bien moins pratique que celui du rabbin. Immanquablement la mère pleurait. Elle n'entrait pas. J'ai arrêté, ça devenait de la chirurgie, ça perdait de son sens. Nous n'arrivions pas à en faire une fête, le blanc de l'hôpital n'y est pas propice. Ce n'était pas ma place.

L'enfant né entre mes mains, je le connais peu finalement. Neuf mois durant, sous votre peau, j'ai suivi ses courbes et deviné ses mouvements. Dehors, d'autres veilleront sur lui. Il ne sait pas ce qui l'attend. Il est pourtant déjà inscrit dans un espace, une époque, une famille. Il n'a encore que de courts moments d'attention, mais il reconnaît la voix de sa mère, il est sensible aux caresses et aux gestes de ceux qui le manipulent. L'atmosphère, déjà, agit sur lui. Sa nervosité et ses nuits dépendent largement du sentiment de confiance qu'ont ses parents.

Un père qui filmait récemment la naissance de son enfant me demanda à quoi je pensais alors que l'accouchement se terminait. J'ai dit : « À ce qu'il vivra plus tard, à ses peines de cœur et celles qu'il créera. » Je ne le recroiserai pas, mais je l'ai connu qui tambourinait au seuil de notre monde. Entre mes mains, il a la chaleur d'une promesse.

En fait j'avais envie de lui retourner la question : « Et vous, que comptez-vous lui dire ? lui transmettre ? Par quels gestes, quel moment rare, marquerez-vous pour lui, pour sa mère, pour vous et pour tous les autres, son entrée dans le monde ? »

C'est important. Là-bas, porté à bout de bras par tout un clan, il reçoit le souffle de son histoire et parfois même celui de tout un continent.

Ici, dans le recoin d'une petite pièce, sa grand-mère lui chante peut-être une berceuse héritée de sa propre enfance, son père lui promet doucement les batailles auxquelles il a renoncé, sa mère le rassure de sa simple présence. Il fait une entrée plus discrète.

Pour une fois, j'envie l'ailleurs : ses cérémonies résonnent comme le dernier mouvement d'une symphonie : le final, allegro et sonore. La mère est sacrée, l'enfant avec elle. Bien sûr, elle retrouvera très vite une condition peu enviable. Bien sûr, son enfant est menacé du destin des enfants pauvres. Mais la naissance est une affaire de passage. Il ne faut en éluder aucun.

Je sens qu'ici les symboles désertent et la solitude nous guette. J'ai participé récemment au lancement médiatique d'un service téléphonique d'urgence : « Allô maman bébé ». Les chiffres s'affolent, ils racontent de jeunes mères tellement désemparées qu'elles font du mal à leur enfant. La naissance est devenue plus sûre, la suite beaucoup moins.

Et tandis que nous ajoutions, ce jour-là, un nouveau numéro de téléphone à tant d'autres qui existent déjà, celui du pédiatre, du généraliste, du kinésithérapeute, des parents, de centres de protection maternelle et infantile et j'en passe… je me disais qu'une forêt d'intervenants ne remplace pas l'arbre protecteur. Notre univers surpeuplé est dépeuplé. La route n'est plus toute tracée pour la femme devenue mère. C'est un bien si elle a confiance en elle. Elle est encore libre. Mais si elle perd pied, elle risque d'entraîner avec elle son enfant.

Quarante jours… C'est à peu près le délai qui mène à notre prochain et dernier rendez-vous, celui des six semaines. Il est étrange, celui-là, nous sommes l'un et l'autre au milieu du gué. Souvent, vous venez sans votre mari. Vous êtes absorbée par l'enfant, totalement mère, pas encore redevenue femme. Vous êtes avec moi, et en même temps vous n'y êtes plus. J'ausculte votre corps qui cicatrise et ne réclame plus ma surveillance. Ce qui nous lie appartient maintenant au passé. Nous nous disons au revoir un peu plus en longueur.

J'ai un autre rêve, plutôt un projet.

Lorsque je ne travaillerai plus, ou plus autant, j'irai à la maternité avec un appareil photo. Et si elles le veulent bien, je capturerai le regard des mères qui accouchent. Je prendrai leurs yeux, de tout près. Qu'ils s'écarquillent ou qu'ils se ferment, qu'ils soient bruns, noirs, bleus ou verts, c'est là, à la source des larmes, qu'il faut regarder la naissance.

Là que surgissent, avec l'enfant, l'inquiétude, la joie, l'effort, la fatigue, l'amour fou, là que se niche ce qu'aucun capteur moderne jamais ne saisira, là que brûlent tous les feux d'un être, là que femme d'ici et d'ailleurs se rejoignent.

Cette fois, je serai à côté d'elles, en haut, après avoir été si longtemps en bas. Averti de l'imminence d'un orage que je connais bien, je veux, tel le chasseur de météores, voir passer la surprise du jaillissement, la toute-puissance d'une femme et la séparation des corps.

Femme sans robe ni fards ne contrôle alors pas son image. Elle est, c'est tout. Singulière et universelle. Chaque fois une, chaque fois toutes.

Ce n'est pas de souvenirs que j'ai besoin, j'en ai tant. Je veux par ces regards souligner l'essentiel, rappeler à notre immodeste science qu'elle ne sait pas tout. La naissance reste mystère, silence, patience, obscurité. À la bourse des valeurs d'aujourd'hui, les utopies sont à la baisse, les croyances religieuses et le gain à la hausse, tandis que la science continue ses prouesses, ses tours de magie, modifie l'espèce et les espérances. Je suis l'un de ses sorciers, mais je m'inquiète de la voir avancer seule, sans rêves pour l'accompagner.

J'ai eu la chance de vivre la grande bataille des idées. J'ai vu changer le statut et la vie des femmes, j'ai vu s'affirmer leurs désirs et leurs hésitations. Je crois avoir lutté contre la fatalité, jamais au nom de la performance. Que feront les jeunes médecins ? Ils n'ont rien connu d'autre que la technique moderne, ces salles de naissance que l'on surveille à distance depuis des écrans de contrôle. Ils sont d'une époque qui n'apprend plus le recul. L'idéologie de l'efficacité a pénétré partout, jusqu'à nos écoles et nos hôpitaux. Comment feront-ils pour imaginer de quoi résister à la grande vitesse et aux relations qui s'effritent ? La question vaut pour eux comme pour les parents.

Mes voyages, qu'ils se soient passés loin ou juste dans ma tête, je peux les résumer d'une seule phrase : J'ai accompagné la naissance.

Ces mots me suffisent. Ils me soufflent le secret des origines. Ils parlent à mes sens, mes yeux, mes oreilles, mes mains. Mais comment sonnent-ils aujourd'hui ? Quelle est la poésie de la médecine du XXIe siècle ? La question est même plus large : Quelle est la poésie du temps présent ? J'irai pour ma part la cueillir dans les yeux d'une femme, à l'instant suspendu de la naissance.

Pour en savoir plus
sur les rites
d'ailleurs

Les rites autour de la femme enceinte

◎

Les mauvais esprits tournent autour de la femme enceinte, ils attaquent la nuit. La femme bariba au Bénin ne se risque pas à sortir, elle pense que son enfant pourrait être changé en monstre.

◎

En Inde, dans la région du Tamil Nadu, c'est entre le cinquième et le septième mois de grossesse que le rituel de protection a lieu. La femme s'entoure chez elle de ses meilleures amies, qui nouent et enfilent à ses poignets des rubans et des bracelets, en nombre impair à la main gauche et pair à la main droite. Les bracelets sont en or, en argent ou en verre. On dit que le son des bijoux qui s'entrechoquent amuse déjà l'enfant.

◎

Au Gabon, le futur père nzebi prendra garde de ne pas réveiller sa femme brutalement, sous peine que l'enfant ne change de sexe ou qu'il ne naisse avec des imperfections.

Au Zaïre, on dit qu'il faut faire l'amour jusqu'au dernier jour, car la semence paternelle continue de modeler l'enfant.

Chez les Onges, peuple des îles Andaman, au sud-ouest de la Birmanie, la femme qui veut un enfant doit se rendre sur un rivage recouvert d'un grand nombre de pierres. La légende dit qu'elles étaient autrefois des enfants. À marée basse, la femme monte sur l'une de ces pierres, l'âme d'un bébé entre alors dans son corps.

Au Burkina Faso, une mère qui a déjà perdu plusieurs enfants en bas âge fait semblant de vendre le dernier-né au marché. Cette mise en scène est destinée à berner les esprits mauvais.

Au Togo, on consulte le devin si l'enfant tarde à venir. La femme apporte du riz, des galettes, qui serviront d'appâts pour capturer un serpent d'eau. (On pense que l'être humain est issu du poisson.) La femme saisit le reptile dans des feuilles, il est tué, transformé en une tige torsadée puis planté devant sa case. Il devient l'autel de l'esprit de l'eau, où l'on sacrifie chèvres et brebis pour que l'enfant vienne.

Chez les Bontoc Igorot des Philippines, une fille ne peut se marier que si elle a eu un enfant. C'est la preuve qu'elle est féconde.

Les rites autour de l'accouchement

Chez les Dialo, au Sénégal, l'accouchement est considéré comme un combat contre la souffrance et la mort, aussi est-il demandé à la femme d'enfanter rapidement et sans bruit. Dès le cinquième mois, les matrones emmènent la future mère en brousse pour la préparer et la sermonner. Si elle se montre courageuse, elle intégrera la communauté des femmes du village, sinon elle risque injures et brimades.

Chez les Indiens Txikaos du Brésil, une femme qui meurt en couches n'a pas droit aux obsèques traditionnelles. Elle est devenue une bray, esprit féminin maléfique qui risque d'attaquer les autres femmes en couches.

En Mongolie, on masse le ventre de la future mère avec une patte d'ours séchée. La puissance de l'animal doit venir renforcer l'énergie de la jeune femme qui mettra alors au monde plus vite et sans douleur.

En Inde, si l'accouchement est trop long, la coutume veut que l'on dépose une fleur de lotus dans l'eau. L'utérus s'ouvrira, comme les pétales de la fleur.

◎

Chez les Bantous d'Afrique, on pense que celles qui sont venues aider la mère doivent se déshabiller. Cette nudité, semblable à celle du petit, l'incitera à venir.

Les rites autour du nouveau-né

◎

Chez les Kabyles, le jour où la mère va à la fontaine pour la première fois après l'accouchement, elle garde de l'eau dans sa bouche, même si la source est éloignée. Au retour, elle répand sous le berceau l'eau qu'elle a gardée dans ses joues, pour que son enfant repose en sécurité, comme l'eau qui dort.

◎

Les mères mossis, au Burkina Faso, lors du premier massage du bébé, témoignent à leur façon de leur attachement à leur petite fille : elles exercent une pression sur ses seins, afin qu'ils ne poussent pas trop vite et qu'elles puissent garder leur enfant plus longtemps auprès d'elles.

◎

À Sumatra, le placenta soigneusement enterré dans un vase sert de génie tutélaire : si l'enfant sourit, c'est qu'il joue avec ce frère invisible ; s'il pleure, c'est que les fourmis ont envahi la tombe. Il faudra alors la nettoyer.

◎

Chez les Ewe du Togo, le père ne doit pas aller aux champs avant que le cordon ombilical ne se détache. S'il coupait un ver de terre, cela pourrait aggraver la plaie du nombril de son enfant. Une fois le cordon tombé, on l'ensevelit et on plante un arbre dont le nouveau-né sera propriétaire. Ainsi le destin de l'enfant est-il lié à celui de la nature.

◎

Au Pendjab, si l'enfant est un garçon, on coupe le cordon avec le couteau d'un homme âgé de la famille, si c'est une fille on le coupe avec un fuseau. Comme s'il s'agissait de fixer définitivement le sexe de l'enfant.

◎

Le bébé baruya, une tribu de Nouvelle-Guinée, n'est pas montré à son père avant sa première dent. Il est encore lié aux souillures de la naissance et aux dangers du monde féminin. Sa mère cache son visage et recouvre le bébé d'un filet en présence du père, qui crache par terre si par hasard il l'entrevoit.

◎

Dans bien des pays d'Afrique, lorsqu'une femme fait de nombreuses fausses-couches ou perd successivement des enfants en bas âge, on suppose que c'est le même enfant qui naît et meurt à sa guise. Le nouveau-né est investi d'un pouvoir et d'un savoir hors du commun. Il faut l'ancrer dans le monde des vivants. On lui donne un nom dévalorisant, pour dissuader les esprits de le rappeler à eux, comme Ekudi, « une calebasse cassée dans un tas d'ordures ». Le guérisseur le mesure des pieds à la tête à l'aide de racines, d'une tige de fer ou d'une corde, il enfonce ensuite ces objets dans un baobab situé dans un cimetière, en priant les dieux qu'ils donnent à cet enfant la même longévité que l'arbre.

Mais s'il meurt, on mutile son cadavre, et si un autre vient encore après lui, il portera les cicatrices de son précédent passage.

◎

Dans certaines régions d'Algérie (Tlemcen et le Mzab), le quarantième jour après l'accouchement est fêté comme une deuxième naissance. La sage-femme passe l'enfant par l'encolure de sa mère et le ressort par le bas de la robe. La mère ensuite remet sa ceinture pour la première fois, geste symbolique qui lui rend son statut de femme à part entière.

◎

En Chine, des petits morceaux d'étoffe sont demandés à cent familles aisées pour confectionner un vêtement multicolore à l'enfant. Le tissu usé et emprunté est en bien des pays une manière de tisser un lien avec les autres : chez les Kabyles, lorsque l'enfant a un an, la mère demande de la laine dans sept maisons différentes et tresse une gandoura que le bébé portera pour lui assurer une longue vie.

◎

En Afrique de l'Ouest, quand naissent des jumeaux, il faut un lieu où puisse séjourner leur âme commune. Les Mossi et les Bisa construisent des maisons miniatures en argile avec deux pièces. Lors des différentes fêtes de l'année, on y dépose des sacrifices en demandant la bénédiction des jumeaux. Chez les Ashanti et les Fon, on construit un réceptacle en argile, divisé en deux parties reliées entre elles. Si les enfants sont de même sexe, les ouvertures pointent dans la même direction, sinon dans des directions opposées.

◎

Au Soudan, à l'âge d'un mois, l'enfant passe du stade « faible » à celui de « délicat ». Les parents ont pris le temps de l'observer, ils savent maintenant auquel de ses ancêtres il ressemble, il reçoit son nom.

◎

Les Soussous de Guinée utilisent une bague pour connaître le nom du défunt qui habite l'enfant. Cet anneau est d'abord trempé dans de la pâte de riz, puis lancé sur un mur préalablement enduit de cendre et d'eau. À chaque lancé, le nom d'un défunt est prononcé. Quand la bague reste collée au mur, le nom est trouvé.

◎

Les Esquimaux pensent que l'enfant crie à la naissance pour réclamer un nom. Alors que chez les Inuits du Groenland, la mère ou la sage-femme chuchote plusieurs noms dans le creux de l'oreille du bébé. S'il crie ou pleure, c'est que le nom ne lui plaît pas. S'il s'apaise et s'endort, c'est qu'on a trouvé le nom qui lui convient.

◎

Chez les Indiens Hopis du nord de l'Arizona, on donnait au nouveau-né une paire de mocassins neufs, avec un petit trou dans chaque semelle. Ainsi, s'il advenait que, par malheur, le bébé soit rappelé dans l'autre monde, il pouvait toujours répondre qu'il lui était impossible de se mettre en route avec des mocassins usés !

◎

En Chine, le troisième jour après la naissance, on baigne l'enfant, on noue une même cordelette de coton rouge autour de ses poignets avec un écart d'une trentaine de centimètres. Cela le rendra tranquille et obéissant. On accroche à la porte de la chambre du charbon pour le rendre spirituel et intelligent, et, au lit, une culotte du père munie d'un papier qui ordonne « à toutes les influences défavorables d'entrer dans le pantalon plutôt que dans l'enfant ».

◎

En Kabylie, le nouveau-né est enveloppé de langes de la tête aux pieds. Le moment de l'emmaillotement est aussi celui des recommandations rituelles : « Je bannis de toi les tâches de rousseur, les tares, les pleurs, les besoins naturels et les urines de la nuit. Aime tes oncles paternels et maternels. Ne renie pas ton origine. Sois intelligent, lettré, discret. Aie de l'amour-propre, de la bravoure… » Pour qu'il parle sans retard et qu'il ait une belle voix, un petit oiseau vivant est introduit un instant dans sa bouche.

◎

En Afghanistan, juste après la naissance, le Coran qui repose sur l'étagère est nettoyé de sa poussière et on la dépose sur la bouche du bébé.

◎

Les mères kungs – peuplade de chasseurs nomades du sud de l'Afrique dont le style de vie semble très proche de celui des hommes préhistoriques – allaitent leur enfant en moyenne quatre fois par heure, avec une durée de tétée de deux minutes environ.

◎

Chez les Ngente, dans l'Assam, chaque automne il y a une fête de trois jours en l'honneur de tous les enfants nés dans l'année. Pendant les deux premières nuits, tous les adultes sont occupés à boire et à manger. Le troisième jour, les hommes déguisés en femmes vont de maison en maison rendre visite à toutes les mères de l'année, qui leur donnent à boire et leur font de petits présents, en échange de quoi, ils dansent.

◎

En Afrique, le portage sur le dos s'effectue à l'aide de deux pièces de tissu. La première est uniquement destinée au portage du bébé. Elle est fournie par la mère ou une autre femme de sa lignée, elle est l'objet d'une attention particulière. Elle servira à porter tous les enfants d'une même mère, « enfants d'une même déchirure ». Elle symbolise le ventre-utérus. La seconde est fournie par la lignée paternelle, elle appartient exclusivement à l'enfant, elle peut servir à doubler le premier pagne à l'occasion du portage, mais aussi à le couvrir quand il dort. Elle symbolise le processus de séparation. Quand l'enfant plus grand partira, vivre chez un oncle ou vers une école lointaine, il l'emportera.

Et d'autres encore…

TITRES CHOISIS

Afrique : la magie dans l'âme, texte de K.E. Müller et U. Ritz-Müller, photographies de C. Henning, Könemann, 2000.
Bébés du monde, B. Fontanel et C. d'Harcourt, La Martinière, 2006.
Histoire de naître, F. Leroy, De Boeck, 2002.
In utero, mythes, croyances et cultures, M.-J. Wolff-Quenot, Masson, 2001.
Les Rites de passage, A. Van Gennep, Picard, 1981.
Naissances : gestes, objets et rituels, catalogue d'exposition, Museum national d'histoire naturelle, Paris, 2005.
Rituels algériens, M. Virolle, Karthala, 2002.
Union et procréation en Afrique : rites de la vie chez les Ewe du Togo, L'Harmattan, 1990.
Venir au monde, L. Bartoli, Payot, 2007.

REVUES ET ARTICLES

« Des histoires de bébés d'ici et d'ailleurs », sous la direction de C.-J. Delpy, *Spirale* n° 12, Érès, 1999.
« L'accouchement, c'est la guerre », J.-P. Olivier de Sardan, A. Moumouni et A. Souley, *Afrique contemporaine* n° 195, 2000.

René Frydman
dans Le Livre de Poche

Lettre à une mère n° 30340

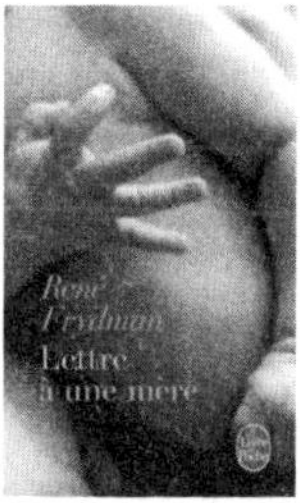

René Frydman a aidé des milliers de femmes à devenir mères. Il sait leur force, la lumière qu'elles portent et les inquiétudes qui les traversent. Il n'est pas rassasié de ce mystère-la. Dans une lettre intime et pudique, faite de sentiments et de souvenirs mêlés, il raconte l'émotion d'un homme devant la maternité. Personne n'avait encore parlé ainsi, avec un regard aussi fort et tendre, de cet incomparable voyage à deux. Dans ce texte rare, à lire et à offrir, chacun retrouvera l'écho de son histoire.

Du même auteur :

L'IRRÉSISTIBLE DÉSIR DE NAISSANCE, PUF, 1986.

MA GROSSESSE, MON ENFANT, avec Julien Cohen-Solal, Odile Jacob, 1993 ; 1996 ; 2003 ; 2008.

DICTIONNAIRE DE LA GROSSESSE, Hachette, 1992.

L'ART DE FAIRE AUTREMENT DES ENFANTS COMME TOUT LE MONDE, Laffont, 1994.

VAINCRE LA STÉRILITÉ, avec François Olivennes, Le Rocher, 1994.

DEVENIR PÈRE, Hachette, 2004 ; Marabout, 2007.

ATTENDRE BÉBÉ, avec Christine Schilte, Hachette, 1997 ; 2008.

DIEU, LA MÉDECINE ET L'EMBRYON, Odile Jacob, 1997.

AU FOND C'EST QUOI LA VIE ?, Mallard, 2000.

LETTRE À UNE MÈRE, L'Iconoclaste, 2003 ; nouvelle édition revue et augmentée, 2008 ; Le Livre de Poche, 2005.

DÉSIR D'ENFANT, avec Marcel Rufo et Christine Schilte, Hachette, 2006 ; 2008.

LA CHIMIE FÉMININE, avec Philippe Bouchard, Odile Jacob, 2006.

Sous la direction de René Frydman
Colloques GYPSY, Odile Jacob :

MOURIR AVANT DE N'ÊTRE ?, avec Muriel Flis-Trèves, 1997.

LE BÉBÉ DANS TOUS SES ÉTATS, avec Myriam Szejer, 1998.

L'ANNONCE FAITE À MARIE, SARAH, AGAR ET LES AUTRES..., avec Muriel Flis-Trèves, 2000.

RÊVES DE FEMMES, avec Muriel Flis-Trèves, 2005.

À QUOI RÊVENT LES HOMMES ?, avec Muriel Flis-Trèves, 2006.

FAMILLES BOUSCULÉES, INVENTÉES, MAGNIFIÉES, avec Muriel Flis-Trèves, 2008.

Le Livre de Poche www.livredepoche.com

- le **catalogue** en ligne et les dernières parutions
- des **suggestions de lecture** par des libraires
- une **actualité éditoriale permanente** : interviews d'auteurs, extraits audio et vidéo, dépêches…
- **votre carnet de lecture** personnalisable
- des **espaces professionnels** dédiés aux journalistes, aux enseignants et aux documentalistes

Composition réalisée par Chesteroc Ltd.

Achevé d'imprimer en mars 2009 par
LITOGRAFIA ROSÉS S.A.
Gava (08850)
Dépôt légal 1re publication : avril 2009
LIBRAIRIE GÉNÉRALE FRANÇAISE – 31, rue de Fleurus – 75278 Paris Cedex 06

31/2752/9